ROMANS

ET CONTES

PHILOSOPHIQUES

PAR M. DE BALZAC.

Quatrième Édition,
REVUE ET CORRIGÉE,

ORNÉE DE QUATRE VIGNETTES

DESSINÉES PAR TONY JOHANNOT
ET GRAVÉES PAR PORRET.

LA PEAU DE CHAGRIN

TOME PREMIER

**INTRODUCTION. — LA
PEAU DE CHAGRIN. — LA FEMME
SANS CŒUR.**

❋

PARIS.

LIBRAIRIE DE CHARLES GOSSELIN,

RUE SAINT-GERMAIN DES-PRÈS, N. 9.

Février 1833.

142. BALZAC (H. de). La Peau de chagrin. Quatrième édition, revue et corrigée. *Paris, Gosselin*, 1833, 2 vol. in-8, brochés.

2 figures sur Chine par *Tony Johannot.*
Légères rousseurs; chiffre manuscrit sur les titres; étiquette collée au bas du dos.

OEUVRES

DE M. DE BALZAC.

———

ROMANS

ET CONTES

PHILOSOPHIQUES.

ROMANS

ET CONTES

PHILOSOPHIQUES,

PAR M. DE BALZAC.

Quatrième édition, revue et corrigée.

TOME PREMIER.

———◆———

LA PEAU DE CHAGRIN.

I.

CONTENANT :

**INTRODUCTION. — LA PEAU DE CHAGRIN.
— LA FEMME SANS CŒUR.**

PARIS.

LIBRAIRIE DE CHARLES GOSSELIN,
RUE SAINT-GERMAIN-DES-PRÉS, N° 9.
M DCCC XXXIII.

INTRODUCTION

AUX

ROMANS ET CONTES PHILOSOPHIQUES.

Qu'est-ce que le talent du conteur, sinon tout le talent? Il renferme en lui, la déduction logique dans sa rigueur, le drame avec sa mobilité, l'essence même du génie lyrique avec son extase intérieure. Le narrateur est tout. Il est historien; il a son théâtre; sa dialectique profonde qui meut ses personnages; sa palette de peintre et sa loupe d'ob-

I. 4ᵉ édit.   1

servateur. Non-seulement il peut réunir les talens spéciaux que je viens d'indiquer, mais, pour exceller dans son art, il le doit. Imaginez un conte sans intérêt de drame, sans émotion lyrique, sans couleurs nuancées, sans logique exacte; il sera pâle, extravagant et faux; il n'existera pas.

La narration est toute l'épopée; elle est toute l'histoire; elle enveloppe le drame et le sous-entend. Le conte est la littérature primitive. De quelle joie, dites-moi, durent être saisis ceux qui, les premiers, découvrirent et ressentirent cette jouissance! Ils inventèrent de pittoresques symboles en témoignage de leur ivresse nouvelle. Ce fut l'Hercule Gaulois, dont la bouche laissait tomber les chaînes d'or qui retenaient les auditeurs; ce fut la baguette de Mercure, forçant à s'unir les hommes

plus acharnés que les serpens ; c'est le chant
de la syrène, entraînant le navigateur dans
l'onde d'où ses accens émanaient. Le premier
conteur fut un Dieu. Mais les époques primitives une fois passées, conter devint difficile.

Où est le merveilleux ? Qu'est devenue la
foi ? L'analyse ronge la société en l'expliquant :
plus le monde vieillit, plus la narration est
une œuvre pénible. Rendez-moi compte de
cet incident ? Apportez-moi le *comment* de
cet acte et le *pourquoi* de ce caractère ? Dis-
séquez ce cadavre et sachez me plaire ! Soyez
commentateur et *amuseur* !

Voici un conteur, qui arrive à l'époque la
plus analytique de l'ère moderne, toute fondée
sur l'analyse : sociétés, gouvernemens, sciences reposent sur elle ; elle s'empare de tout,
pour tout flétrir. Il naît dans le pays le plus

rationel de l'Europe; point d'oreilles faciles
à duper comme en Italie, où la musique est
dans le langage et l'ode dans le son; point de
croyance surnaturelle et populaire; le scepticisme est partout; la faculté raisonneuse a
pénétré jusqu'aux classes inférieures. De l'ironie, mais peu caustique; de l'indifférence,
excepté pour les intérêts matériels; par-
dessus tout, de l'ennui et de la lassitude.

Quel conte allez-vous faire à de telles gens?
Ils vous répondront qu'ils ont vu Bonaparte,
bivouaqué au Kremlin et couché à l'Alhambra.
Ils mettront vos sylphides en fuite, et vos
magiciens n'auront pas le moindre intérêt
pour eux. Ils vous demanderont par quel
procédé chimique l'huile brûlait dans la
lampe d'Aladin. Ils ont demandé à M. de
Balzac ce que serait advenu, si Raphaël eût

souhaité que la Peau de chagrin s'étendît !

Osez donc leur réciter de beaux contes ; enlevez-les, comme il faut qu'un bon narrateur le fasse, dans ce char d'Élie, dans cette narration aux ailes de feu et aux roues brûlantes, qui plonge dans le ciel et fait disparaître les villes, les maisons, les bois, les collines de l'horizon terrestre !

L'analyse, dernier développement de la pensée, a donc tué les jouissances de la pensée. C'est ce que M. de Balzac a vu dans son temps : c'est le dernier résultat de cet axiôme de Jean-Jacques : *L'homme qui pense est un animal dépravé.*

Assurément il n'est pas de donnée plus tragique ; car, à mesure que l'homme se civilise, il se suicide ; et cette agonie éclatante des sociétés offre un intérêt profond.

Le désordre et le ravage portés par l'intelligence dans l'homme, considéré comme individu et comme être social : telle est l'idée primitive que M. de Balzac a jetée dans ses contes. Il a vu de quels éclatans dehors cette société valétudinaire s'enorgueillit, de quelles parures ce moribond se couvre, de quelle vie galvanique ce cadavre s'émeut et s'agite par intervalles, de quelle lueur phosphorique il scintille encore. Opposant au néant intérieur et profond du corps social, cette agitation factice et cette splendeur funèbre, il a cru que la mission du conteur n'était pas finie et perdue ; qu'il y avait encore une magie dans ce contraste ; une féerie dans cette industrie créatrice de merveilles ; un intérêt dans le jeu cupide des ressorts sociaux, cachés sous de si beaux dehors, dans ce spectacle d'une so-

ciété rendant le dernier soupir sous des rideaux de pourpre, d'argent et de soie.

Un conteur, un amuseur de gens, qui prend
pour base la criminalité secrète, le marasme
et l'ennui de son époque, un homme de pensée et de philosophie qui s'attache à peindre
la désorganisation produite par la pensée : tel
est M. de Balzac.

Voilà sur quelles bases sont appuyés ces
contes de nuances diverses, de formes va-
riées, que M. de Balzac a osé lancer dans le
dix-neuvième siècle, blasé, indifférent et peu
amusable. Ce fonds misanthropique, qu'une
verve de gaieté et une fécondité d'invention
incontestables raniment et font étinceler, vous
le trouvez dans *l'Auberge rouge*, dans *l'Elixir
de longue vie*, dans *la Comédie du Diable*, farce
terrible dont le fantastique Introït lui a été

généreusement donné par une des plus mor-
dantes plumes de notre époque. Mais cette
pensée première s'élève jusqu'aux proportions de la tragédie dans *El Verdugo*, où le
parricide est sublime, parricide ordonné par
une famille et au nom d'une chimère sociale ;
le parricide pour sauver un titre ! Ainsi, partout l'égoïsme : égoïsme de la famille, égoïsme
physique, personnalités féroces qui naissent
d'une civilisation sensuelle et raffinée. Tel est
spécialement le fonds et la pensée créatrice de
la Peau de Chagrin, livre où, pour faire un péristyle à son édifice, l'auteur a poétiquement
formulé l'arrêt éternel porté sur l'homme,
considéré comme organisation.

Rabelais, dans un autre temps, avait vu l'é-
trange effet de la pensée religieuse, qui, à
force de pénétrer la société, achevait de la

dissoudre. L'âme, divinisée par le christia-
nisme, avait tout envahi. Le spiritualisme
effaçait la matière. Le symbole, l'idéalisation
régnaient sans partage ; pour un symbole,
l'Occident s'était rué sur l'Orient. Il dominait
la poésie, qu'il réduisait à l'état de fantôme,
en multipliant les personnifications allégori-
ques, en bannissant de son domaine les êtres
vivans, la chair et le sang humains. Rabelais
s'arma d'un symbole pour faire la guerre au
symbole.

Holà ! Messer Gaster, voici votre règne !
Tonnes pleines d'hypocras, bons saucissons
chargés d'épices, bombance gigantesque,
culte de la Dive bouteille, douce abbaye de
Thélème, dont le *rien faire* est la liturgie ; venez !... Et dans une épopée immense, donnez-
nous l'apothéose de ce corps humain que l'on

foule aux pieds, et que le curé de Meudon ne
se contente pas de mettre à sa place. Il l'ins-
talle sur un trône. Or, voici l'ère de Gargantua. On boit plus sec, on mange sans perdre jamais l'appétit : l'élément physique de
l'homme se trouve déifié par cette ironie ma-
térialiste, qui semble une prédiction du
dix-huitième siècle, et un oracle des destinées
futures auxquelles le monde est réservé.

Passe joyeusement la vie et ris-toi du reste!
Trinque! comme l'a dit M. de Balzac dans *la
Peau de Chagrin*, voilà le sens des amères dérisions du Pantagruel, et peut-être l'arrêt dé-
finitif de ce livre.

Certes, Rabelais, s'il n'eût pas vécu au commencement du seizième siècle, tout à la fin
de ce qu'on appelle moyen-âge, n'eût rien
écrit de pareil. Dans Pantagruel et Gargan-

tua, il résuma le passé, railla le présent et s'empara de l'avenir, qu'une civilisation matérielle allait isoler de l'ancienne société chrétienne et spiritualiste, de l'avenir qu'une philosophie sensualiste allait dominer et mouler à son plaisir.

L'ère de Rabelais a expiré. Celle qu'il annonçait parcourt son cycle et l'accomplit. Ce ne sont plus les ravages de la pensée idéaliste, mais tous ceux du sensualisme analytique, que le conteur philosophe peut retracer aujourd'hui.

Aussi, voyez, à part le sens intime du livre, tous ces types d'égoïsme civilisé qui se donnent rendez-vous dans *la Peau de Chagrin* : *Fœdora*, femme sans cœur, type d'une société sans cœur ; *Raphaël*, symbole de la misère éclatante, le dandy sans un écu ; le mal-

heur même que donne l'étude solitaire, avec
la gloire en perspective, le grenier pour théâtre, et la souffrance pour escorte.

Le vaste plan, caché sous ces fantaisies, a
dû échapper à plusieurs yeux. Des critiques
n'ont pas vu que *la Peau de Chagrin* est l'expression de la vie humaine, abstraction faite
des individualités sociales; la vie avec ses ondulations bizarres, avec sa course vagabonde
et son allure *serpentine*, avec son égoïsme
toujours présent sous mille métamorphoses.
La même signification se trouve cachée sous
les plus légers incidens de cette fiction. Outre
son intérêt dramatique, le livre renferme un
intérêt de philosophie allégorique qui s'attache aux plus minces détails et poursuit sans
pitié cette science d'égoïsme que la civilisation fait naître. Voyez Raphaël? Comme le

sentiment de sa conservation étouffe en lui toute autre idée! Comme dans la scène du duel, chez les paysans, dans son hôtel de Paris, le même sentiment l'absorbe! Soumis à ce talisman terrible, il vit et meurt dans une convulsion d'égoïsme. N'est-ce pas la vie toute pure?

C'est cette personnalité qui ronge le cœur et dévore les entrailles de la société où nous sommes. A mesure qu'elle augmente, les individualités s'isolent; plus de liens, plus de vie commune. La personnalité règne; c'est son triomphe et sa fureur que *la Peau de Chagrin* a reproduits. Dans ce livre, il y a encore toute une époque.

Là, comme on l'a dit dans un journal (*), « vous pouvez, si cela vous duit, voir ap-

(*) *Le Messager.*

» paraître, sous forme vivante, notre civili-
» sation d'hier et d'aujourd'hui : toute parée,
» toute folle d'ennui et de luxe, avec son dé-
» goût, son désespoir, ses bons mots, ses vel-
» léités de science et de religion, ses créations
» qui avortent, ses vertus qui ne sont pas
» écloses, son éclat semblable à la lueur éma-
» née des endroits infects; ses prétentions de
» grandeurs, de sévérité, de patriotisme, d'é-
» nergie, de rénovation, de génie, d'organi-
» sation, de conservation, de durée; et son
» néant réel, son mal intime; son manque de
» foi, sa faiblesse de volonté, son inanité, sa
» décrépitude, sa force factice, comme celle
» de l'ivresse passagère, comme celle que la
» pile de Volta communique à un corps mort.
　　» Il serait curieux de contempler le criti-
» que de l'ancienne école, l'homme de bon

» goût et de bonnes mœurs, en face de cette

» œuvre. Oh! le pauvre homme! que fera-t-il

» de sa toise? lui qui veut de la raison; lui le

» jugeur, le peseur des mots; lui, le compas

» en main, la loupe appliquée sur l'œil, heu-

» reux de découvrir une irrégularité dans un

» livre, une verrue dans un beau visage? As-

» surément il ne comprendra pas un mot de

» ce conte. Il aime la littérature de plain-pied;

» ici tout est abîmes, précipices, saillies, ex-

» croissances, hautes montagnes, profon-

» deurs sans fond.

  » Je jure que le plus habile critique de 1800

» à 1820 ne se ferait pas une idée nette sur un

» pareil ouvrage. Il briserait sa toise, il jette-

» rait son compas. Autant vaudrait demander

» à M. d'Aguesseau l'explication satisfaisante

» d'un journal de 1831. En vain diriez-vous à

» notre Aristarque dans l'embarras, que
» l'auteur de *la Peau de Chagrin* a voulu,
» comme feu Rabelais, formuler la vie hu-
» maine et résumer son époque dans un livre
» de fantaisie, épopée, satire, roman, conte,
» histoire, drame, folie aux mille couleurs.
» Le critique vous dira que Pantagruel est
» une allégorie, que Panurge est évidemment
» Rabelais et Pantagruel François Ier; mais
» que, dans l'œuvre de M. de Balzac, rien de
» pareil ne frappe ses yeux. Et si vous répliquez
» en disant que la prétendue allégorie, dé-
» couverte dans Rabelais par la lubie des sa-
» vans, n'a jamais eu d'existence; que le
» monstre comique créé par le médecin Chi-
» nonais est une immense arabesque, fille
» du caprice accouplée avec l'observation :
» notre homme vous tournera le dos, non

» sans prier Dieu qu'il vous rende votre rai-
» son perdue et vous fasse cadeau d'une
» bonne édition de Laharpe.

» Il y a dans l'œuvre de M. de Balzac le cri
» éclatant, le cri de désespoir d'une littérature
» expirante. OEuvre puissante... Je ne parle
» pas de la souplesse d'un style qui insulte à
» tout moment la critique, et d'une vivacité ex-
» trême de teintes chatoyantes et contrastan-
» tes, mais de la portée générale d'un livre,
» où le siècle et le pays les plus confus qui
» aient jamais existé, se concentrent sous des
» formes poétiques, réelles, colorées, qui
» éblouissent le regard. Avoir trouvé le fan-
» tastique de notre époque, ce n'est ni un pe-
» tit mérite ni un mince travail. L'avoir vivi-
» fié sans tomber dans la froideur de l'allé-
» gorie, c'est chose méritoire, c'est le témoi-

» gnage d'un rare talent. Il fallait, pour ob-

» tenir ce résultat, n'oublier aucune des bril-

» lantes nuances dont elle se pare, nous don-

» ner les fêtes, l'esprit, le dévergondage, les

» riches étoffes, les jouissances effrénées, le

» jeu, l'amour, la poésie de costume, qui se

» pressent dans les grandes villes ; il fallait

» n'oublier non plus aucune des misères so-

» ciales ; ces cœurs desséchés, ces existences

» perdues, ces arts qui augmentent la richesse

» sans ajouter rien au bonheur ; il fallait faire

» voir, au sein de la civilisation, fleur écla-

» tante et factice, le ver qui la ronge, le poi-

» son la tue.

» Ce livre a tout l'intérêt d'un conte arabe,

» où la féerie et le scepticisme se donnent la

» main, où des observations réelles et pleines

» de finesse sont enfermées dans un cercle de

» magie. Vous y trouverez de grands salons
» et de grandes orgies, la mansarde du jeune
» savant et le boudoir de la femme à la mode,
» la table de jeu et le laboratoire du chi-
» miste : tout ce qui influe sur notre société,
» depuis le sourire de la jeune fille jusqu'aux
» malices du feuilleton.

» Et n'attendez pas que je vous donne une
» idée plus exacte de cet étrange livre; il est
» de ceux où chacun trouve pâture à son goût :
» à tel la satire, à tel autre le fantastique, à ce-
» lui-là des tableaux brillamment colorés. Si
» la société telle qu'elle est vous ennuie tant
» soit peu, et qu'il vous agrée de la voir pin-
» cée, fouettée, marquée, en grande pompe,
» sur un bel échafaud, au milieu de tout le
» fracas d'un orchestre rossinien, d'un tinta-
» marre et d'un charivari incroyable, et de la

» décoration la plus étourdissante, lisez » *la Peau de Chagrin*, vous en avez pour trois » nuits d'images éclatantes et terribles qui » soulèveront les rideaux de votre alcôve pour » peu que nature vous ait doué d'imagination ; » et pour un an de réflexion, si vous êtes né » contemplateur, observateur et penseur. »

Le public, qui a si rapidement enlevé trois éditions, a justifié le critique. Mais l'auteur, docile aux observations qui lui ont été adressées par amis et ennemis, n'a épargné ni ratures, ni veilles, ni suppressions, ni corrections, pour rendre plus parfaite la quatrième édition de son œuvre. Il avait déjà fait le sacrifice de sa préface presque entière, préface consacrée à une justification inutile. Il avait tort de croire que la *Physiologie du Mariage*, œuvre d'ironie et d'analyse, eût marqué son front

d'un sceau de cynisme et d'impudence : on
ne confond plus les fantaisies de l'art avec le
caractère de l'artiste; on sait que le plus doux
des hommes peut devenir, dans sa tragédie,
sanguinaire, criminel et implacable. On sait
que le poëte le plus ardemment érotique peut
ne demander à l'amour que la jouissance des
beaux vers. Cependant cette préface, dont le
scrupule de l'auteur avait tracé les pages, et
dont il a fait le sacrifice, contenait des observations générales et philosophiques, que
nous croyons devoir reproduire ici.

L'auteur explique, avec autant de sagacité
que de finesse, le procédé physiologique qui
préside à la création d'une œuvre d'art et fait
naître dans l'esprit de l'artiste mille fantômes
dont la moralité ne lui est pas imputable.

« Quoique restreint dans les bornes d'une

préface, cet essai psychologique aidera peut-
être, disait-il, à expliquer les bizarres dispa-
rates qui existent entre le talent d'un écrivain
et sa physionomie. Certes, cette question in-
téresse les femmes-poëtes encore plus que
l'auteur lui-même.

» L'art littéraire, ayant pour objet de reproduire la nature par la pensée, est le plus
compliqué de tous les arts.

» Peindre un sentiment, faire revivre les
couleurs, les ombres, les demi-teintes, les
jeux de lumière, accuser avec justesse les contours, reproduire fidèlement une scène
étroite, mer ou montagnes, ruines ou inté-
rieurs, voilà toute la peinture.

» La sculpture est plus restreinte encore
dans ses ressources. Elle ne possède guères

qu'une pierre et une couleur pour exprimer la plus riche des natures, le sentiment dans les formes humaines : aussi le sculpteur cache-t-il sous le marbre d'immenses travaux d'idéalisation dont peu de personnes lui tiennent compte.

» Mais, plus vastes, les idées comprennent tout : l'écrivain doit être familiarisé avec tous les effets, avec toutes les natures. Leibnitz a résumé cette idée par un mot sublime : *L'âme du poëte est le miroir du monde*. Dans ce miroir concentrique, sa fantaisie réfléchit l'univers ; sinon, le poëte et même l'observateur n'existent pas ; car il ne s'agit pas seulement de voir les choses, il faut encore s'en souvenir et empreindre les impressions qu'on a reçues dans un certain choix de mots, en les décorant de toute la grâce des images, en leur

communiquant le vif des sensations primor-
diales...

» Or, sans entrer dans les méticuleux *aris-
totélismes* créés par chaque auteur pour son
œuvre, par chaque professeur dans sa théorie, l'auteur pense être d'accord avec toute
intelligence, haute ou basse, en composant
l'art littéraire de deux parties bien distinctes :
l'observation — *l'expression.*

» Beaucoup d'hommes distingués sont doués
du talent d'observer, sans posséder celui de
donner une forme vivante à leurs pensées ;
comme d'autres écrivains ont été doués d'un
style merveilleux, sans être guidés par ce génie sagace et curieux qui voit et enregistre
toute chose. De ces deux dispositions intellectuelles résultent, en quelque sorte, une vue
et un toucher littéraires. A tel homme, *le*

faire ; à tel autre, *la conception ;* celui-ci joue avec une lyre sans produire une seule de ces harmonies sublimes qui font pleurer ou penser ; celui-là compose des poëmes pour lui seul, faute d'instrument.

» La réunion des deux puissances fait l'artiste complet ; mais cette rare et heureuse concordance n'est pas encore le génie, ou plus simplement ne constitue pas la volonté qui engendre une œuvre d'art.

» Outre ces deux conditions essentielles au talent, il se passe chez les poëtes ou chez les écrivains réellement philosophes un phénomène moral, inexplicable, inouï, dont la science peut difficilement rendre compte. C'est une sorte de seconde vue qui leur permet de deviner la vérité dans toutes les situations possibles ; ou, mieux encore, je ne sais quelle puissance qui les transporte là où ils doivent, où ils veulent être. Ils inventent le vrai par analogie, ou voient l'objet à décrire, soit que l'objet vienne à eux, soit qu'ils aillent eux-mêmes vers l'objet. »

L'auteur se contente de poser les termes de ce problème, sans en chercher la solution.

« Donc, selon M. de Balzac, l'écrivain doit avoir l'intuition analytique de tous les caractères : toutes les mœurs il les épouse; toutes les passions il les ressent : les idées, les pays, les mœurs, les caractères : accidens de nature, accidens de morale, tout se meut dans sa pensée. En traçant le portrait du *Laird de Dumbiedikes*, il se fait avare; il conçoit l'avarice, il en pénètre les mystères. S'il écrit *Lara* ou le *Giaour*, il assassine, il comprend le

meurtre, la tache de sang est sur son front.
Le voilà criminel ; il conçoit le crime ; il l'appelle et le contemple.

» Mais, à ceux qui étudient la nature humaine, il est démontré clairement que
l'homme de génie possède les deux genres de
puissance.

» Il traverse en esprit les espaces : les choses, jadis observées, renaissent en lui, belles
de la grâce, terribles de l'horreur primitives
qui l'avaient saisi. Il a pressenti le monde, et
ce pressentiment équivaut à la réalité. Son
âme lui révèle tout par intuition. Ainsi, le
peintre le plus chaud, le plus exact de Florence, n'a jamais été à Florence ; ainsi, tel
écrivain a pu merveilleusement dépeindre le
désert, ses sables, ses mirages, ses palmiers,
sans aller de Dan à Sahara.

» Les hommes ont-ils le pouvoir de faire
venir l'univers dans leur cerveau, ou leur cerveau est-il un talisman à l'aide duquel ils abo-
lissent les lois du temps et de l'espace?... La
science hésitera long-temps à choisir entre
ces deux mystères également inexplicables.
Toujours est-il constant que l'inspiration
jette le poëte en des transfigurations sans
nombre et semblables aux magiques fantas-
magories de nos rêves. Un rêve est peut-être
le jeu naturel de cette singulière puissance
quand elle reste inoccupée!...

» Ces facultés que le monde admire à juste
titre, un auteur les possède plus ou moins
larges, en raison peut-être du plus ou du
moins de perfection de ses organes. Peut-être
encore le don de création est-il une faible
étincelle tombée d'en haut sur l'homme; et,

alors, peut-être les adorations dues aux grands génies seraient-elles une noble et haute prière! S'il n'en était pas ainsi, pourquoi notre estime se mesurerait-elle à la force, à l'intensité du rayon céleste qui brille en eux ? Ou le degré d'enthousiasme dont nous sommes saisis pour les grands hommes, doit-il se proportionner au degré de plaisir qu'ils nous donnent, au plus ou moins d'utilité de leurs œuvres?... Que chacun choisisse entre le matérialisme et le spiritualisme!...

» Cette métaphysique littéraire a entraîné l'auteur assez loin de la question personnelle. Mais quoique dans la production la plus simple, dans *Riquet à la houpe* même, il y ait un travail d'artiste, et qu'une œuvre de naïveté porte souvent le signe du *mens divinior* plus profondément empreint qu'il ne l'est dans un

vaste poëme, il n'a pas la prétention d'écrire
pour lui cette ambitieuse théorie, à l'instar
de quelques auteurs contemporains dont les
préfaces étaient les petits pèlerinages de petits Childe-Harold. Il a seulement voulu réclamer pour les auteurs, les anciens priviléges
de la *clergie*, qui se jugeait elle-même.

» La *Physiologie du Mariage* était une tenta-
tive faite pour retourner à la littérature fine,
vive, railleuse et gaie du dix-huitième siècle,
où les auteurs ne se tenaient pas toujours
droits et raides, où l'on ne discutait pas à
tout propos la poésie, la morale et le drame,
mais où il se faisait du drame, de la poésie et
des ouvrages de vigoureuse morale. L'auteur
de ce livre cherche à favoriser la réaction littéraire que préparent certains bons esprits
ennuyés de notre vandalisme actuel, et fati-

gués de voir amonceler tant de pierres sans qu'aucun monument surgisse. Il ne comprend pas la pruderie, l'hypocrisie de nos mœurs ; et refuse, du reste, aux gens blasés, le droit d'être difficiles.

» De tous côtés s'élèvent des doléances sur la couleur sanguinolente des écrits modernes. Les cruautés, les supplices, les gens jetés à la mer, les pendus, les gibets, les condamnés, les atrocités chaudes et froides, les bourreaux, tout est devenu bouffon !

» Naguère, le public ne voulait plus sympathiser avec les jeunes malades, les convalescens et les doux trésors de mélancolie contenus dans l'infirmerie littéraire. Il a dit adieu aux Tristes, aux Lépreux, aux langoureuses élégies. Il était las des Bardes nuageux et des Sylphes, comme il est aujourd'hui rassasié de

l'Espagne, de l'Orient, des supplices, des pi-
rates et de l'histoire de France walterscotti-
sée. Que nous reste-t-il donc ?...

» Si le public condamnait les efforts des
écrivains qui essaient de remettre en honneur
la littérature franche de nos ancêtres, il faudrait souhaiter un déluge de barbares, la
combustion des bibliothèques, et un nouveau
moyen âge; alors, les auteurs recommence-
raient plus facilement le cercle éternel dans
lequel l'esprit humain tourne comme un cheval de manége.

» Si Polyeucte n'existait pas, plus d'un poëte
moderne est capable de refaire Corneille,
et vous verriez éclore cette tragédie sur trois
théâtres à la fois, sans compter les vaudevilles
où Polyeucte chanterait sa profession de foi
chrétienne sur quelque motif de *la Muette*. En-

fin, les auteurs ont souvent raison dans leurs impertinences contre le temps présent. Le monde leur demande de belles peintures ? où en seraient les types ? Vos habits mesquins, vos révolutions manquées, vos bourgeois discoureurs, votre religion morte, vos pouvoirs éteints, vos rois en demi-solde, sont-ils donc si poétiques ?

» Nous ne pouvons aujourd'hui que nous moquer. La raillerie est toute la littérature des sociétés expirantes... Aussi l'auteur de ce livre, soumis à toutes les chances de son entreprise littéraire, s'attend-il à de nouvelles clameurs. »

M. de Balzac, dont les Contes ont vaincu la formaliste apathie de son temps, et qui,

dans *la Peau de Chagrin*, a donné preuve de
cette énergie et de cette fécondité, de cette
verve hardie et poignante, que l'on réclame
aujourd'hui, comme un palais blasé veut de
l'orpiment et de l'alcool, ne s'en tiendra pas à
cet essai. Il a frappé notre époque, en lui em-
pruntant ses propres armes; en employant
cette frénésie d'invention, cette ironie enve-
nimée, ces couleurs ardentes, sombres et
tranchées, dont l'abus serait la perte de l'art.
Quand il voudra être simple, il saura l'être,
comme il l'a prouvé dans *le Réquisitionnaire*,
dans *l'Enfant maudit*, *Maître Cornilius*, et
Louis Lambert. On le verra changer les couleurs de sa palette, et de nuance en nuance,
d'existence en existence, de mode en mode,
parcourir tous les degrés de l'échelle sociale
et montrer tour à tour le paysan, le men-

diant, le pâtre, le bourgeois, le ministre, attaqués de la même maladie destructive. Il ne reculera pas même devant le roi et le prêtre, ces deux derniers échelons de notre hiérarchie croulante; le roi, que notre progrès de civilisation a tellement ébranlé sur son trône qu'il n'a plus de confiance à sa couronne; le prêtre dont la pensée renferme le dernier, le plus large développement de l'intelligence humaine, et qui n'est plus qu'un spectre lorsqu'il cesse d'avoir foi en lui.

La foi et l'amour, s'éloignant des hommes livrés à la culture intellectuelle; la foi et l'amour, s'exilant pour laisser dans un désert d'égoïsme profond, tous ces hauts esprits, tous ces êtres parqués dans leur personnalité; telle est une des pensées de M. de Balzac. Dans celui que l'auteur a intitulé *Jésus-Christ en Flandre*, un rayon d'amour et de foi tombe du ciel. Les Pariahs de la société, ceux qu'elle bannit de ses universités et de ses colléges, restent fidèles à leur croyance, et conservent, avec leur pureté morale, la force de cette foi qui les sauve, tandis que les gens supérieurs, fiers de leur haute capacité, voient s'accroî- tre leurs maux avec leur orgueil, et leurs douleurs avec leurs lumières. Cette moralité suprême qui couronne la peinture detous les types d'individualisme est d'un bel effet.

C'est non-seulement la société dans ses masses, que frappe de mort l'égoïsme, fils de l'analyse et de cette raison approfondissante qui nous ramène ans cesse à notre personna- lité, c'est aussi la société dans ses élémens partiels; c'est encore le gouvernement et la théorie politique. De degrés en degrés, l'auteur s'élèvera jusqu'à cette dernière ironie, la plus haute et la plus en harmonie avec notre temps. Dans l'*Histoire de la succession du marquis de Carabas*, dernière œuvre qui complétera la donnée de ce recueil, il montre la société politique en proie à la même impuissance, au même néant qui dévorent Raphaël dans *la Peau de Chagrin*. Même intensité de désirs, même éclat extérieur, même misère réelle; même formule inévitable, éternelle, où la nationalité se trouve renfermée, pressée en son cycle comme l'individualisme dans le sien. Ici un ton de bonhomie plus naïve, une satire moins amère, s'accorderont avec une ironie qui s'attaque non aux hommes, mais aux doctrines, non aux individualités, mais aux systèmes.

Ces récits, mêlés de merveilleux, en appa-

rence dictés par la fantaisie, ont conquis un
succès populaire dans une époque si contraire
à la libre et capricieuse fiction : mais on les
a plutôt acceptés comme des inventions bril-
lantes que comme des œuvres de raison. Nous
avons pris plaisir à en développer le sens
philosophique, la portée morale, inaperçus
de la foule. Ce n'est pas là ce qui fait le succès
du jour ; mais ce qui le propage et le continue
dans l'avenir.

P. CH.....

LA PEAU DE CHAGRIN.

PREMIÈRE PARTIE.

LA PEAU DE CHAGRIN.

I.

Vers la fin du mois d'octobre dernier, un jeune homme entra dans le Palais-Royal au moment où s'ouvraient les maisons de jeu, conformément à la loi qui protége, à Paris, une passion essentiellement productive et chère au fisc.

Sans trop hésiter, l'inconnu monta l'escalier du tripot établi au numéro 39.

— Monsieur!... votre chapeau, s'il vous plaît?... lui cria d'une voix sèche et grondeuse, un petit vieillard blême, accroupi dans l'ombre, protégé par une barricade, et qui, se levant soudain, fit voir une figure moulée d'après un type ignoble.

Quand vous entrez dans une maison de jeu, la loi commence par vous dépouiller de votre chapeau.

Est-ce une parabole évangélique et providentielle?...

N'est-ce pas plutôt une manière de signer un contrat infernal avec vous, en exigeant je ne sais quel gage?

Serait-ce pour vous obliger à garder un maintien respectueux devant ceux qui gagneront votre argent?

Est-ce curiosité de la police, qui, fouillant tous les égoûts sociaux, est intéressée à savoir le nom de votre chapelier, ou le vôtre, si vous l'avez inscrit sur la coiffe?

Est-ce, enfin, pour prendre la mesure de votre crâne et dresser une statistique instructive sur la capacité cérébrale des joueurs?...

Il y a, sur ce point, silence complet chez l'administration.

Seulement, à peine avez-vous fait un pas vers le tapis vert, que déjà votre chapeau ne vous appartient pas plus que vous ne vous appartenez à vous-même. Vous êtes au jeu, vous, votre fortune, votre coiffe, votre canne et votre manteau.

A votre sortie, le Jeu, par une atroce épigramme en action, vous démontrera qu'il vous laisse encore quelque chose en vous rendant votre bagage.... mais, si, par malheur, vous veniez avec une coiffure neuve, vous apprendrez à vos dépens, qu'il faut avoir un costume de joueur.

L'étonnement, manifesté par l'étranger

quand il reçut une fiche numérotée en échange de son chapeau dont heureusement les bords étaient légèrement pelés, indiquait assez une âme encore innocente.

Le petit vieillard, ayant sans doute croupi dès son jeune âge dans les atroces plaisirs de la vie des joueurs, lui jeta un coup d'œil terne et sans chaleur, mais dans lequel un philosophe aurait lu les misères de l'hôpital, les vagabondages des gens ruinés, les procès-verbaux d'une foule d'asphyxies, les travaux forcés à perpétuité, les expatriations au Guazacoalco....

Cet homme avait une longue face blanche dont les fibres ne vivaient plus que des soupes gélatineuses de M. d'Arcet. Il présentait une vivante image de la passion réduite à son terme le plus simple. Dans ses rides, il y avait trace de vieilles tortures. Il devait jouer ses maigres appointemens, le jour même où il les recevait. Enfin, comme une rosse sur laquelle les coups de fouet n'ont plus de prise, il ne tressaillait plus aux sourdsgémissemens, aux muettes imprécations, aux regards hébétés des joueurs, quand ils sortaient ruinés. C'était le Jeu incarné.

Si le jeune homme avait contemplé ce triste Cerbère, peut-être se serait-il dit :

— Il n'y a plus qu'un jeu de cartes dans ce cœur-là...

Mais l'inconnu n'écouta pas ce conseil vivant, placé là sans doute par la Providence, comme elle a mis le dégoût à la porte de tous les lieux mauvais... Non. Il entra, résolument, dans la salle d'où l'or faisait entendre une prestigieuse musique... Ce jeune homme était probablement poussé là par la plus logique de toutes les éloquentes phrases de J.-J. Rousseau, et dont voici, je crois, la triste pensée :

— *Oui, je conçois qu'un homme aille au Jeu ; mais c'est lorsque entre lui et la mort, il ne voit plus que son dernier écu....*

II.

Le soir, les maisons de jeu n'ont qu'une
poésie vulgaire, mais dont l'effet est assuré
comme celui d'un mélodrame plein de sang.
Les salles sont garnies de spectateurs et de
joueurs, de vieillards indigens qui viennent
s'y réchauffer, de faces agitées, d'orgies com-
mencées dans le vin et près de finir dans la

Seine. La passion y abonde; mais le trop grand nombre d'acteurs vous empêche de contempler face à face le démon du jeu. La soirée est un véritable morceau d'ensemble où la troupe entière crie, où chaque instrument de l'orchestre module sa phrase...

Vous verriez là beaucoup de gens honorables qui viennent y chercher des distractions, et qui les paient comme ils paieraient le plaisir du spectacle, de la gourmandise, ou comme ils iraient dans une mansarde acheter, à bas prix, des remords pour trois mois.

Mais comprenez-vous tout ce que doit avoir de délire et de vigueur dans l'âme un homme qui attend avec impatience l'ouverture d'un tripot ?... Il existe, entre le joueur du matin et le joueur du soir, la différence qui distingue le mari nonchalant, de l'amant rôdant sous les fenêtres de sa belle... Le matin seulement, arrivent la passion palpitante, le besoin dans sa franche horreur... En ce moment, vous

pourrez admirer un véritable joueur, un
joueur qui n'a pas mangé, dormi, vécu, pensé,
tant il était rudement flagellé par le fouet de
sa martingale; tant il souffrait, travaillé par
le prurit d'un coup de *trente* et *quarante*. A
cette heure maudite, vous rencontrerez des
yeux dont le calme effraie, des visages qui
vous fascinent, des regards qui soulèvent les
cartes et les dévorent.

Aussi, les maisons de jeu ne sont-elles sublimes qu'à l'ouverture de leurs séances... Si
l'Espagne a ses combats de taureaux, si Rome
a eu ses gladiateurs, Paris s'enorgueillit de son
Palais-Royal dont les agaçantes roulettes donnent le plaisir de voir couler le sang à flots,
sans que les pieds du parterre risquent d'y
glisser. Essayez de jeter un regard furtif sur
cette arène. Entrez !

Quelle nudité !.. Les murs, couverts d'un
papier gras à hauteur d'homme, n'offrent pas
une image qui puisse rafraîchir l'âme; il ne

s'y trouve même pas un clou pour faciliter le suicide... Le parquet est usé, malpropre. Une table ronde occupe le centre de la salle ; et la simplicité des chaises de paille pressées autour de ce tapis usé par l'or, annonce une curieuse indifférence du luxe chez ces hommes qui viennent périr là pour la fortune et pour le luxe.

Cette antithèse humaine est établie partout où l'âme réagit puissamment sur elle-même. L'amoureux veut mettre sa maîtresse dans la soie, la revêtir d'un moelleux cachemire, et, la plupart du temps, il la possède sur un grabat. L'ambitieux rêve de demeurer au faîte du pouvoir, en s'aplatissant dans la boue d'une révérence. Le marchand vit dans une boutique humide et malsaine, en se construisant un hôtel où il ne restera pas un an... Enfin, à part la vue des cuisines et l'odeur des cabarets, y a-t-il chose plus déplaisante qu'une maison de plaisir ?... Singulier problême !.. L'homme signe son impuissance dans tous les actes de sa vie ! Il n'est jamais ni tout-à-fait heureux, ni complètement misérable...

Au moment où le jeune homme entra dans le salon , quelques joueurs s'y trouvaient déjà...

Trois vieillards, à têtes chauves, étaient nonchalamment assis autour du tapis vert. Leurs visages de plâtre, impassibles comme ceux des diplomates, révélaient des âmes blasées, des cœurs qui, depuis long-temps , avaient désappris de palpiter, même en risquant les biens paraphernaux d'une femme...

Un jeune Italien, aux cheveux noirs, au teint olivâtre, était accoudé tranquillement au bout de la table , et paraissait écouter ces pressentimens secrets qui crient fatalement à un joueur : — Oui... — Non... Cette tête méridionale respirait l'or et le feu.

Sept ou huit spectateurs, debout, rangés de manière à former une galerie, attendaient

les scènes que leur préparaient les coups du
sort, les figures des acteurs, le mouvement
de l'argent et des râteaux. Ces désœuvrés
étaient là, silencieux, immobiles, attentifs,
comme est le peuple à la Grève, quand le
bourreau tranche une tête.

Un grand homme sec, en habit râpé, tenait un registre d'une main, et, de l'autre,
une épingle pour marquer les passes de la
rouge ou de la noire. C'était un de ces Tan-
tales modernes qui vivent en marge de toutes
les jouissances de leur siècle; un de ces avares
sans trésor qui jouent en idée une mise imaginaire; espèce de fou raisonnable, se conso-
lant de ses misères en caressant une épouvantable chimère; agissant enfin avec le vice et
le danger, comme les jeunes prêtres avec
Dieu, quand ils disent des messes blanches.

Puis, en face de la banque, un ou deux de
ces fins spéculateurs, experts des chances du
jeu, et semblables à d'anciens forçats qui ne

s'effraient plus des galères, étaient venus là
pour hasarder trois coups et remporter im-
médiatement le gain probable dont ils vivaient.

Deux vieux garçons de salle se promenaient
nonchalamment les bras croisés, regardant
le jardin par les fenêtres, de temps à autre,
comme pour montrer aux passans leurs plates
figures, en guise d'enseigne.

Le *tailleur* et le *banquier* venaient de jeter
sur les ponteurs ce regard blême qui les tue,
et disaient d'une voix grêle :

— Faites le jeu!...

quand le jeune homme ouvrit la porte...

Alors le silence devint en quelque sorte
plus profond, et les têtes se tournèrent vers
le nouveau venu par curiosité.

Mais, chose inouïe, les vieillards émous-
sés, les employés pétrifiés, les spectateurs, et
même l'Italien fanatique, tous éprouvèrent,

à l'aspect de l'inconnu, je ne sais quel senti-ment épouvantable.

Ne faut-il pas être bien malheureux pour obtenir de la pitié, bien faible pour exciter une sympathie, ou bien sinistre pour faire frissonner les âmes dans cette salle où les douleurs doivent être muettes, la misère gaie, le désespoir décent?... Eh bien! il y avait de tout cela dans la sensation neuve qui re-mua tous ces cœurs glacés quand le jeune homme entra. Mais les bourreaux n'ont-ils pas quelquefois pleuré sur les vierges dont la Révolution leur ordonnait de couper les blondes têtes...

Au premier coup d'œil les joueurs lurent sur le visage du novice quelque horrible mys-tère...

Ses jeunes traits étaient empreints d'une grâce nébuleuse. Dans son regard, il y avait bien des efforts trahis, bien des espérances trompées ! La morne impassibilité du suicide

donnait à son front une pâleur matte et mala-
dive. Un sourire amer dessinait de légers plis
dans les coins de sa bouche. Il y avait sur
toute sa physionomie une résignation qui faisait mal à voir.

  Quelque secret génie scintillait au fond de
ses yeux voilés par les fatigues du plaisir;
car la débauche marquait de son sale cachet
cette noble figure jadis pure et brillante,
maintenant dégradée. Les médecins auraient
peut-être attribué à des lésions au cœur ou à
la poitrine, le cercle jaune qui encadrait les
paupières et la rougeur dont les joues étaient
marbrées; tandis que les poëtes eussent voulu
reconnaître, à ces signes, les ravages de la
science, les traces de nuits passées à la lueur
d'une lampe studieuse. Mais une passion plus
mortelle que la maladie, une maladie plus
impitoyable que l'étude et le génie, altéraient
cette jeune tête, contractaient ces muscles
vivaces, tordaient ce cœur, sur lesquels les

orgies, l'étude et la maladie n'avaient que difficilement mordu.

Comme, lorsqu'un célèbre criminel arrive au bagne, les condamnés l'accueillent avec respect, ainsi, tous ces démons humains, experts en tortures, saluèrent une douleur inouïe, une blessure dont ils soupçonnaient par instinct la profondeur. Ils reconnurent un de leurs princes, à la majesté de sa muette ironie, à l'élégante misère de ses vêtemens...

Le jeune homme avait bien un frac de bon goût; mais la jonction de son gilet et de sa cravate était trop savamment maintenue pour qu'on lui supposât du linge. Ses mains, jolies comme des mains de femme, étaient d'une douteuse propreté. Depuis deux jours, il ne portait plus de gants... Ce diagnostic disait tout...

Si le tailleur et les garçons de salle euxmêmes frissonnèrent, c'est que les enchantemens de l'innocence florissaient par vestiges dans ses formes grêles et fines, dans ses che-

veux blonds et rares, naturellement bouclés...
Cette figure avait encore vingt-cinq ans, et
le vice paraissait y être un accident. La verte
vie de la jeunesse y luttait encore avec les ravages d'une impuissante lubricité. Les ténèbres et la lumière, le néant et l'existence s'y
combattaient en produisant tout à la fois de
la grâce et de l'horreur. Le jeune homme se
présentait là comme un ange sans rayons,
égaré dans sa route. Aussi, tous ces professeurs émérites de vice et d'infamie, semblables
à une vieille femme édentée, prise de pitié à
l'aspect d'une belle fille qui s'offre à la corruption, furent-ils prêts à crier au novice :

— Sortez !...

Celui-ci marcha droit à la table. Il s'y tint
debout, jeta sans calcul, sur le tapis, une pièce
d'or qu'il avait à la main ; puis, abhorrant,
comme les âmes fortes, de chicanières in-
certitudes, il lança sur le tailleur un regard
tout à la fois turbulent et calme.

L'intérêt de ce coup était si puissant que les vieillards ne firent pas de mise; mais l'Italien, saisissant avec le fanatisme de la passion une idée qui lui souriait, ponta sa masse d'or en opposition au jeu de l'inconnu.

Le banquier oublia de dire ces phrases qui se sont à la longue converties en un cri rauque et inintelligible :

— Faites le jeu!...

— Le jeu est fait!...

— Rien ne va plus...

Le tailleur étala les cartes en paraissant souhaiter bonne chance au dernier venu, indifférent qu'il était à la perte ou au gain fait par les entrepreneurs de ces sombres plaisirs.

Tous les yeux, arrêtés sur les cartons fatidiques, étincelaient; car les spectateurs voyaient un drame et la dernière scène d'une noble vie dans cette pièce d'or. Mais, malgré l'attention avec laquelle ils regardèrent alternativement le jeune homme et les cartes, ils ne purent apercevoir aucun symptôme d'é-motion sur sa figure froide et résignée.

— Rouge perd !.... dit officiellement le tail-leur.

Une espèce de râle sourd sortit de la poi-trine de l'Italien lorsqu'il vit tomber le paquet de billets que lui jeta le banquier.

Quant au jeune homme, il ne comprit sa ruine qu'au moment où le râteau s'allongea pour ramasser son dernier napoléon. L'ivoire fit rendre un bruit sec à la pièce, qui, rapide comme une flèche, alla se réunir au tas d'or étalé devant la caisse. L'inconnu ferma les yeux doucement et ses lèvres blanchirent. Mais il releva bientôt ses paupières ; sa bou-che reprit une rougeur de corail ; il affecta l'air d'un Anglais pour qui la vie n'a plus de mystères ; et disparut sans mendier une con-solation par un de ces regards déchirans que les joueurs au désespoir lancent assez souvent sur la galerie taciturne dont ils sont entourés.

Que d'événemens se pressent dans l'espace d'une seconde, et quel abîme est donc la cervelle humaine!...

— Il paraît que c'est sa dernière cartouche!... dit en souriant le croupier, après un moment de silence, en tenant cette pièce d'or entre le pouce et l'index, et la montrant aux assistans.

— C'est un cerveau brûlé qui va se jeter à l'eau!... répondit un habitué en regardant autour de lui; car tous les joueurs se connaissaient.

— Bah! s'écria le garçon de bureau, en prenant une prise de tabac.

— Si nous avions imité monsieur? dit un des vieillards à ses collègues, en désignant l'Italien. Hein?...

Tout le monde regarda l'heureux joueur dont les mains tremblaient en comptant ses billets de banque.

— J'ai entendu, dit-il, une voix qui me

criait dans l'oreille : Le Jeu aura raison contre le désespoir de ce jeune homme !...

— Ce n'est pas un joueur !... reprit le banquier. Autrement, il aurait fait trois coups de son argent pour se donner plus de chances...

III.

Le jeune homme passait sans réclamer son chapeau ; mais le vieux molosse, ayant remarqué le mauvais état de cette guenille, la lui rendit sans proférer une parole, et le joueur restitua la fiche par un mouvement machinal. Puis, il descendit les escaliers en sifflant le *di tanti palpiti* d'un souffle si faible qu'il enten-

dit à peine lui-même les notes délicieuses. Il
se trouva bientôt sous les galeries du Palais-
Royal. Dirigé par une dernière pensée, il alla
jusqu'à la rue Saint-Honoré, prit le chemin
des Tuileries, et traversa le jardin d'un pas
irrésolu. Il marchait comme au milieu d'un
désert, coudoyé par des hommes qu'il ne
voyait pas; n'écoutant, à travers les clameurs
populaires, qu'une seule voix, celle de la
mort; enfin, perdu dans une engourdissante
méditation, semblable à celle dont jadis
étaient saisis les criminels qu'une charrette
conduisait du Palais à la Grève, vers cet échafaud, rouge de tout le sang versé depuis 1793.

Il y a je ne sais quoi de grand et d'épouvantable dans le suicide. Les chutes d'une
multitude de gens sont sans danger comme
celles des enfans qui tombent de trop bas
pour se blesser; mais quand un homme se
brise, il doit venir de bien haut, s'être élevé
jusqu'aux cieux, avoir entrevu quelque pa-

radis inaccessible. Implacables doivent être les ouragans qui nous forcent à demander la paix de l'âme à la bouche d'un pistolet.

Que de jeunes talens s'étiolent confinés dans une mansarde, y périssent faute d'un ami, faute d'une femme consolatrice, au sein d'un million d'êtres, en présence d'une foule lassée d'or et qui s'ennuie...

A cette pensée, le suicide prend des proportions gigantesques.

Entre une mort volontaire et la féconde espérance dont la voix appelle un jeune homme à Paris, Dieu seul sait combien il y a de chefs-d'œuvre avortés ; de conceptions, de poésie ; de pensées ; de désespoir, de cris étouffés ; de vaines tentatives !... Chaque suicide est un poëme sublime de mélancolie. Où trouverez-vous, dans l'océan des littératures, un livre surnageant qui puisse lutter de génie avec ces trois lignes :

Hier, à quatre heures, une jeune femme s'est

jetée dans la Seine du haut du Pont-des-Arts?

Devant ce laconisme parisien, les drames, les romans, tout pâlit, même ce vieux frontispice :

Les lamentations du glorieux roi de Kaërna-van, mis en prison par ses enfans...

Dernier fragment d'un livre perdu, dont la seule lecture faisait pleurer ce Sterne, qui lui-même délaissait sa femme et ses enfans.

L'inconnu fut assailli par mille pensées semblables qui passaient en lambeaux dans son âme comme des drapeaux déchirés voltigent au milieu d'une bataille. — Puis, il déposait pendant un moment le fardeau de son intelligence et de ses souvenirs, pour s'arrêter devant quelques fleurs dont il admirait les têtes mollement balancées par la brise parmi les massifs de verdure.

Et, saisi par une convulsion de la vie qui regimbait encore sous la pesante idée du suicide, il levait les yeux au ciel; mais des nu^{a-}

ges gris, des bouffées de vent chargées de tristesse, une atmosphère lourde lui conseillaient
encore de mourir...

Alors, il s'achemina vers le Pont-Royal en
songeant aux dernières fantaisies de ses pré-
décesseurs... Il souriait en se rappelant que
lord Castelreagh avait satisfait le plus humble de nos besoins avant de se couper la gorge,
et que M. Auger l'académicien avait été chercher sa tabatière pour priser tout en marchant
à la mort...

Il analysait ces bizarreries et s'interrogeait
lui-même, quand, en se serrant contre le parapet du pont, pour laisser passer un fort de
la halle, celui-ci lui ayant légèrement blanchi
la manche de son habit, il se surprit à en se-
couer soigneusement la poussière.

Arrivé au point culminant de la voûte, il
regarda l'eau d'un air sinistre.

— Mauvais temps pour se noyer !... lui dit

en riant une vieille femme vêtue de haillons. Est-elle sale et froide, la Seine !...

Il répondit par un sourire plein de naïveté, qui attestait le délire de son courage; mais il frissonna tout à coup en voyant de loin, sur le port des Tuileries, la baraque surmontée d'un écriteau où ces paroles sont tracées en lettres hautes d'un pied :

SECOURS AUX ASPHYXIÉS...

M. Dacheux lui apparut armé de sa philantropie, réveillant et faisant mouvoir ces vertueux avirons qui cassent la tête aux noyés, quand malheureusement ils remontent sur l'eau. Il l'aperçut ameutant les curieux, quêtant un médecin, apprêtant des fumigations... Il lut les doléances des journalistes écrites entre les joies d'un festin et le sourire d'une danseuse. Il entendit sonner les écus comptés à des bateliers pour sa tête, par le préfet de la Seine... Mort, il valait cinquante francs; mais, vivant, il n'était qu'un homme de talent, sans protecteurs, sans amis, sans Paillasse, sans tambour, un véritable zéro social, dont l'état n'avait nul souci...

Alors, une mort en plein jour lui paraissant ignoble, il résolut de mourir pendant la nuit, afin de livrer un cadavre indéchiffrable à la Société qui méconnaissait l'utilité de sa vie. Continuant donc son chemin, il se dirigea vers le quai Voltaire, en prenant la démarche indolente d'un désœuvré qui veut tuer le temps.

Quand il descendit les marches qui terminent le trottoir du pont, à l'angle du quai, son attention fut excitée par les bouquins dont le parapet est toujours garni... Peu s'en fallut qu'il n'en marchandât quelques-uns...

'Il se prit à sourire; et, glissant alors philosophiquement ses mains dans ses goussets, il allait reprendre son allure d'insouciance et de dédain, quand il entendit avec surprise quelques pièces retentissant d'une manière véritablement fantastique dans le fond de sa poche...

Un sourire d'espérance illumina son visage, glissa de ses lèvres sur ses traits, sur son front, et fit briller de joie ses yeux, ses joues sombres. Cette étincelle de bonheur ressemblait à ces feux qui courent dans les vestiges d'un papier déjà consumé par la flamme; mais le visage eut le sort des cendres noires: il redevint triste quand l'inconnu, ayant vivement retiré la main de son gousset, aperçut trois gros sous...

— Ah! mon bon Monsieur, *la carita! la carita!...* — *catarina!* — Un petit sou pour avoir du pain...

Un jeune ramoneur dont la figure bouffie était noire, le corps brun de suie, les vêtemens déguenillés, tendit la main à cet homme pour lui arracher ses derniers sous. A deux

pas du petit Savoyard, un vieux pauvre honteux, maladif, souffreteux, ignoblement vêtu
d'une tapisserie trouée, lui dit d'une grosse
voix sourde :

— Monsieur, donnez-moi *ce que vous voulez*, je prierai Dieu pour vous...

Mais quand l'homme jeune eut regardé le
vieillard, celui-ci se tut, et ne demanda plus
rien, reconnaissant peut-être, sur ce visage
funèbre, la livrée d'une misère plus âpre que
la sienne.

— *La carita ! la carita !...*

L'inconnu jeta sa monnaie à l'enfant et au
vieux pauvre, en quittant le trottoir pour aller vers les maisons...

Il ne pouvait plus supporter le poignant
aspect de la Seine.

— Nous prierons Dieu pour la conservation de vos jours !... lui dirent les deux mendians.

En arrivant à l'étalage d'un marchand d'es-

tampes, cet homme presque mort rencontra
une jeune femme. Elle descendit de son brillant équipage, et sa robe, légèrement relevée
par le marche-pied, laissa voir une jambe
dont le bas blanc et bien tiré dessina les fins
contours. Alors il contempla délicieusement
cette charmante personne dont la belle figure
était bien encadrée dans le satin d'un élégant
chapeau... Puis, il fut séduit par une taille
svelte, par de jolis mouvemens. La jeune
femme entra dans le magasin, y marchanda
des album, des collections de lithographies...
Elle en acheta pour plusieurs pièces d'or qui
étincelèrent en sonnant sur le comptoir...

Le jeune homme, en apparence occupé sur
le seuil de la porte à regarder des gravures
exposées dans la montre, échangea vivement
avec la belle inconnue l'œillade la plus perçante que puisse lancer un homme, contre un
de ces coups d'œil insoucians jetés au hasard
sur les passans... Et c'était, de sa part, un

adieu à l'amour, à la femme!... Cette dernière
et puissante interrogation ne fut même pas
comprise, ne remua pas ce cœur de femme
frivole, ne la fit pas rougir, ne lui fit pas
baisser les yeux... Qu'était-ce pour elle?...
Une admiration de plus, un désir excité dont
elle triompherait, le soir, en disant : — J'é-
tais *bien* aujourd'hui.

Le jeune homme passa promptement à un
autre cadre et ne se retourna point quand
l'inconnue remonta dans sa voiture. Les chevaux partirent avec une vitesse aristocratique... Et cette dernière image du luxe, de
l'élégance, flamba devant lui, rapide comme
sa vie.

Alors il marcha d'un pas mélancolique le
long des magasins, en examinant, sans beaucoup d'intérêt, tout ce qui s'y trouvait étalé...
Puis, quand les boutiques lui manquèrent, il
contempla le Louvre, l'Institut, les tours de
Notre-Dame, celles du Palais, le Pont-des-

Arts. Ces monumens paraissaient prendre
une physionomie triste en reflétant les teintes
grises du ciel dont les rares clartés prêtaient
un air menaçant à Paris, qui, pareil à une
jolie femme, est soumis à d'inexplicables caprices de laideur et de beauté. Ainsi, la nature
elle-même conspirait à le plonger dans une
extase douloureuse.

En proie à cette puissance malfaisante
dont nous éprouvons tous, en certains jours
de notre vie, l'action dissolvante, il sentait
son organisme arriver insensiblement aux
phénomènes de la fluidité. Les tourmentes de
cette agonie lui imprimaient un mouvement
semblable à celui des vagues, et lui faisaient
voir les bâtimens, les hommes à travers un
brouillard, où tout ondoyait. Voulant se
soustraire aux titillations morales que produisaient, sur son âme, les réactions de la
nature physique, il se dirigea vers un magasin d'antiquités dans l'intention de donner

une pâture à ses sens et d'y attendre la nuit
en marchandant des objets d'art. C'était,
pour ainsi dire, quêter du courage et demander un cordial, comme les criminels qui se
défient de leurs forces en allant à l'échafaud.

po
sù
At
sit
lèv
gn

IV.

La conscience de sa prochaine mort rendit, pour un moment, au jeune homme toute l'assurance d'une duchesse qui a deux amans. Aussi entra-t-il chez le marchand de curiosités d'un air dégagé, laissant voir sur ses lèvres un sourire fixe comme celui d'un ivrogne. N'était-il pas ivre de la vie, ou peut-être

de la mort? Donc, l'inconnu retomba bientôt dans ses vertiges et continua d'apercevoir les choses sous d'étranges couleurs, ou
animées d'un léger mouvement dont le principe était sans doute dans une irrégulière cir-
culation de son sang, tantôt bouillonnant,
tantôt tranquille et fade comme de l'eau
tiède...

Il demanda simplement à visiter les magasins, pour chercher s'ils ne renfermeraient pas
quelques singularités à sa convenance. Alors,
un jeune garçon à figure fraîche et joufflue,
à chevelure rousse, et coiffé d'une casquette
de loutre, commit la garde de la boutique à
une vieille paysanne, espèce de *Caliban* fe-
melle, occupée à nettoyer un poêle dont les
merveilles étaient dues au génie de Bernard
de Palissy. Puis, il dit à l'étranger d'un air
insouciant :

— Voyez, Monsieur, voyez!... Nous n'a-
vons en bas que des choses assez ordinaires ;

mais si vous voulez prendre la peine de monter au premier étage, je pourrai vous montrer de fort belles momies du Caire, plusieurs poteries incrustées, quelques ébènes sculptés, *vraie renaissance*, récemment arrivés et qui sont de toute beauté...

Dans l'horrible situation où se trouvait l'inconnu, ce babil de cicérone, ces phrases sottement mercantiles furent, pour lui, comme les taquineries mesquines par lesquelles les esprits étroits assassinent un homme de génie... Portant sa croix jusqu'au dernier pas, il parut écouter son conducteur, et lui répondit par gestes ou par monosyllabes.

Mais, insensiblement, il sut conquérir le droit d'être silencieux, et put se livrer, sans crainte, à ses dernières méditations. Elles furent gigantesques, terribles. Il était poëte, et son âme rencontra, par hasard, une immense pâture : il devait voir, par avance, les ossemens de vingt mondes.

Au premier coup d'œil les magasins lui of-
frirent un tableau confus, dans lequel toutes
les œuvres humaines se heurtaient. Des cro-
codiles, des singes, des boas empaillés souriaient à des vitraux d'église, semblaient
vouloir mordre des bustes, courir après des
laques, grimper sur des lustres...

Un vase de Sèvres où madame Jacquotot
avait peint Napoléon, se trouvait auprès d'un
sphynx dédié à Sésostris... Le commencement
du monde et les événemens d'hier se mariaient
avec une grotesque bonhomie. Un tournebro-
che était posé sur un ostensoir, un sabre républicain sur une hacquebute du moyen âge.

Madame Dubarry, peinte au pastel par
Latour, une étoile sur la tête, nue et dans un
nuage, paraissait contempler avec concupis-
cence une chibouque indienne, en cherchant
à deviner l'utilité des spirales qui serpentaient
vers elle.

Les instrumens de mort : poignards, pisto-

lets curieux, armes à secret, étaient jetés pêle-
mêle avec des instrumens de vie : soupières
en porcelaine, assiettes de Saxe, tasses orientales venues de Chine, salières antiques, dra-
geoirs féodaux. Un vaisseau d'ivoire voguait
à pleines voiles sur le dos d'une immobile tor-
tue... Une machine pneumatique éborgnait
l'empereur Auguste, qui ne s'en fâchait pas.

Plusieurs portraits d'échevins français,
de bourguemestres hollandais, insensibles,
comme pendant leur vie, s'élevaient au dessus de ce chaos d'antiquités, en y lançant un
regard pâle et froid.

Tous les pays de la terre semblaient avoir
apporté là un débris de leurs sciences, un
échantillon de leurs arts. C'était une espèce
de fumier philosophique auquel rien ne manquait, ni le calumet du sauvage, ni la pantou-
fle vert et or du sérail, ni le yatagant du
Maure, ni l'idole des Tartares. Il y avait jusqu'à la blague à tabac du soldat, jusqu'au

ciboire aux hosties du prêtre, jusqu'aux plumes d'un trône. Ces monstrueux tableaux
étaient encore assujettis à mille accidens de
lumière, par la bizarrerie d'une multitude de
reflets dus à la confusion des nuances, à la
brusque opposition des jours et des ténèbres.
L'oreille croyait entendre des cris interrompus; l'esprit, saisir des drames inachevés;
l'œil, apercevoir des lueurs mal étouffées.

Enfin une poussière obstinée avait jeté son
voile chatoyant sur tous ces objets dont les
angles multipliés et les sinuosités nombreu-
ses produisaient les effets les plus pittoresques.

L'inconnu compara d'abord ces trois salles
gorgées de civilisation, de cultes, de divini-
tés, de chefs-d'œuvre, de royautés, de débauches, de raison et de folie, à un miroir plein
de facettes dont chacune représentait un
monde.

Après cette impression brumeuse, il vou-

lut choisir ses jouissances; mais à force de regarder, de penser, de rêver, il se mit sous la
puissance d'une fièvre due peut-être à la faim
qui rugissait dans ses entrailles.

La vue de tant d'existences nationales ou
individuelles, attestées par ces gages humains
qui leur survivaient, acheva d'engourdir les
sens du jeune homme. Le désir qui l'avait
poussé dans le magasin fut exaucé. Il sortit
de la vie réelle, monta par degrés vers un
monde idéal, et tomba dans une indéfinissable
extase.

L'univers lui apparut par bribes et en traits
de feu, comme l'avenir passa jadis flam-
boyant aux yeux de saint Jean dans Pathmos.

Une multitude de figures endolories, gracieuses, terribles, lucides, lointaines, rap-
prochées, se leva par masses, par myriades,
par générations...

L'Égypte, raide, mystérieuse, se dressa de
ses sables, représentée par une momie qu'en-

veloppaient des bandelettes noires. Les pha-
raons, ensevelissant des générations pour
construire une tombe... Moïse, les Hébreux,
le désert... Il entrevit tout un monde antique
et solennel.

Fraîche et suave, une statue de marbre,
assise sur une colonne torse et rayonnant de
blancheur, lui parla des mythes voluptueux
de la Grèce et de l'Ionie...

Et, qui n'aurait souri, comme lui, de voir
sur un fond brun la jeune fille rouge dansant
dans la fine argile d'un vase étrusque devant
le dieu Priape et le saluant d'un air joyeux...
Puis en regard, une reine latine caressait sa
Chimère avec amour... Les caprices de la
Rome impériale respiraient là, tout entiers,
et révélaient le bain, la couche, la toilette
d'une Julie indolente, songeuse, attendant
son Tibulle.

Puis, armée du pouvoir des talismans ara-
bes, la tête de Cicéron évoquait les souvenirs

de la Rome libre et déroulait les pages de Tite-Live : le jeune homme contemplait *Senatus Populus Que Romanus*..... Alors, le consul, ses licteurs, les toges bordées de pourpre, les luttes du Forum, le peuple courroucé défilaient lentement devant lui comme les vaporeuses figures d'un rêve...

Enfin, la Rome chrétienne dominait ces images. Une peinture ouvrait les cieux. Il voyait la vierge Marie plongée dans un nuage d'or, au sein des anges, éclipsant la gloire du soleil, écoutant les plaintes des malheureux ; et cette suprême consolatrice lui souriait d'un air doux.

Mais, en touchant une mosaïque faite avec les différentes laves du Vésuve et de l'Etna, son âme s'élançait dans la chaude et fauve Italie ! Il assistait aux orgies de Borgia, courait dans les Abruzzes, aspirait aux amours italiennes, se passionnait pour les blancs visages aux longs yeux noirs...

Il frémissait des dénouemens nocturnes interrompus par la froide épée d'un mari, en apercevant une dague du moyen âge dont la poignée était travaillée comme l'est une dentelle, et dont la rouille ressemblait à des taches de sang...

L'Inde et ses religions revivaient dans un magot chinois coiffé de son chapeau pointu à losanges relevées, paré de clochettes et vêtu d'or et de soie... Près du magot, une natte, jolie comme la bayadère qui s'y était roulée, exhalait encore le sandal... Un monstre du Japon, dont les yeux restaient tordus, la bouche contournée, les membres torturés, réveillait l'âme par les inventions d'un peuple qui, fatigué du beau, toujours unitaire, trouve d'ineffables plaisirs dans la fécondité des laideurs...

Une salière sortie des ateliers de Benvenuto Cellini le reportait au sein de la cour de France, au temps où les arts et la licence fleurirent, où les souverains se divertissaient à des supplices, où les conciles couchés dans les bras des courtisanes, décrétaient la chasteté pour les simples prêtres...

Il vit les conquêtes d'Alexandre sur un camée; les massacres de Pizarre dans une arquebuse à mèche; les guerres de religion échevelées, cruelles, bouillantes, au fond d'un casque; puis, les riantes images de la chevalerie sourdirent d'une armure de Milan supérieurement damasquinée, bien fourbie, et sous la visière de laquelle brillaient encore les yeux d'un paladin...

Cet océan de meubles, d'inventions, de modes, d'œuvres, de ruines, lui composait un poëme sans fin. Formes, couleurs, pensées, tout revivait là; mais rien de complet ne s'offrait à l'âme. Le poëte devait achever les croquis du grand peintre qui avait fait cette immense palette, où les innombrables accidens de la vie humaine étaient jetés à profusion, avec dédain.

Après s'être emparé du monde, après avoir
contemplé des pays, des âges, des règnes, le
jeune homme revint à des existences individuelles ; il se repersonnifia , s'emparant des
détails et repoussant la vie des nations comme
trop accablante pour un seul homme...

Là, dormait un enfant en cire provenant
du cabinet de Ruysch, et cette ravissante
créature lui rappelait toutes les joies délicieuses de sa jeunesse...

Au prestigieux aspect du pagne virginal
de quelque jeune fille d'Otahiti, sa brûlante
imagination lui peignait la vie simple de la
nature, la chaste nudité de la vraie pudeur, les
délices de la paresse si naturelle à l'homme,
toute une destinée calme au bord d'un ruis-
seau frais et rêveur, sous un bananier, qui,
sans culture, dispensait une manne savou-
reuse.

Mais tout à coup il devenait corsaire, et
revêtait la terrible poésie empreinte dans le

rôle de Lara, vivement inspiré par les couleurs nacrées de mille coquillages, exalté
par la vue de quelques madrépores qui sen-
taient le varech, les algues et les ouragans
atlantiques.

Admirant plus loin les délicates mignatu-
res, les arabesques d'azur et d'or, dont quelque missel, manuscrit précieux, était enrichi,
il oubliait les tumultes de la mer. Mollement
balancé par une pensée de paix, il épousait
de nouveau l'étude et la science, souhaitait
la grasse vie des moines, exempte de chagrins, exempte de plaisirs ; et se couchait au
fond d'une cellule, contemplant, de sa fenêtre ogive, les prairies, les bois, les vigno-
bles de son monastère.

Devant quelques Teniers, il endossait la
casaque d'un soldat, la misère d'un ouvrier,
ou le bonnet sale et enfumé des Flamands,
s'enivrant de bière, jouant aux cartes avec

eux, souriant à une grosse paysanne fraîche, et d'un attrayant embonpoint...

Il grelottait, en voyant une tombée de neige de Mieris; se battait, en regardant un combat de Salvator-Rosa; puis, en caressant un tomhawk d'Illinois, il sentait le scalpel d'un Chérokée qui lui enlevait la peau du crâne... Enfin, émerveillé à l'aspect d'un rebec, il le confiait à la main d'une châtelaine, dont il écoutait la romance mélodieuse, en lui déclarant son amour, le soir, auprès d'une cheminée gothique, dans l'ombre, où se perdait un regard de contentement.

Il s'accrochait à toutes les joies, saisissait toutes les douleurs, s'emparait de toutes les formules d'existence; éparpillant si généreusement sa vie et ses sentimens sur les simulacres de cette nature plastique et vide, que le bruit de ses pas retentissait dans son âme comme le son lointain d'un autre monde, comme la rumeur de Paris sur les tours de Notre-Dame.

En montant l'escalier intérieur qui conduisait aux salles situées au premier étage, il vit des boucliers votifs, des panoplies, des tabernacles sculptés, des figures en bois accrochées aux murs, posées sur chaque marche.... Il était poursuivi par les formes les plus étranges, par des créations merveilleuses, assises sur les frontières de la mort et de la vie. Il marchait dans les enchantemens d'un songe; et, doutant de son existence, il était, comme ces objets curieux, ni tout-à-fait mort, ni tout-à-fait vivant.

Quand il entra dans les nouveaux magasins, le jour commençait à pâlir; mais la lumière semblait inutile aux richesses resplendissantes d'or et d'argent qui s'y trouvaient entassées.

Les plus coûteux caprices de dissipateurs morts sous des mansardes après avoir possédé plusieurs millions, étaient dans ce vaste bazar des folies humaines. Une écritoire payée jadis cent mille francs, et rachetée pour cent sous, gisait auprès d'une serrure à secret dont le prix de fabrication aurait suffi à la rançon d'un roi.

Là, le génie humain apparaissait dans toutes les pompes de sa misère, dans toute la gloire de ses petitesses gigantesques. Une table d'ébène, véritable idole d'artiste, sculptée d'après les dessins de Jean Goujon, et qui coûta jadis plusieurs années de travail, avait été peut-être acquise au prix du bois à brûler... Des coffrets précieux, des meubles faits par la main des fées, y étaient dédaigneusement entassés.

— Il y a des millions ici!... s'écria le jeune homme en arrivant à la pièce qui terminait une immense enfilade d'appartemens dorés et sculptés par des artistes du siècle dernier.

— Dites des milliards!... reprit le gros garçon joufflu... Mais ce n'est rien encore!... Montez au troisième étage, et vous verrez!...

L'inconnu, suivant son conducteur, parvint à une quatrième galerie, où successivement passèrent, devant ses yeux fatigués, plusieurs tableaux du Poussin; une sublime statue de Michel-Ange; quelques ravissans paysages de Claude Lorrain; un Gérard Dow, qui ressemblait à une page de Sterne; et des Rembrandt, des Murillo, sombres et colorés comme un poëme de lord Byron; puis, des bas-reliefs antiques, des coupes d'agates, des onyx merveilleux; enfin, c'étaient des travaux à dégoûter du travail, des chefs-d'œuvre accumulés... à faire prendre en haine les arts et à tuer l'enthousiasme.

Il arriva devant une vierge de Raphaël; mais il était las de Raphaël.

Une figure du Corrège qui voulait un regard, ne l'obtint même pas... Un vase inestimable, en porphyre antique, et dont les sculptures circulaires représentaient, de toutes les priapées romaines, la plus grotesquement licencieuse, délices de quelque Corinne, eut à peine un sourire.

Il étouffait sous les débris de cinquante siècles évanouis ; il était malade de toutes ces pensées humaines ; assassiné par le luxe et les arts ; oppressé sous ces formes renaissantes qui, pareilles à des monstres enfantés sous ses pieds par quelque malin génie, lui livraient un combat sans fin.

Semblable, en ses caprices, à la chimie moderne qui résume la création par un sel ; l'âme humaine, puissante Locuste, se compose des poisons terribles par la concentration de ses jouissances, de ses forces ou de ses idées ; et, beaucoup d'hommes périssent ainsi, victimes de quelque acide moral qu'ils se sont eux-mêmes distillé sur le cœur.

— Que contient cette boîte ?... demanda-t-il en arrivant à un grand cabinet, dernier monceau de gloire, d'efforts humains, d'originalités, de richesses.

Et il montra du doigt une grande caisse carrée, construite en acajou, suspendue à un clou par une chaîne d'argent.

— Ah ! monsieur en a la clef..., dit le gros garçon avec un air de mystère... Si vous désirez voir ce portrait, je me hasarderai volontiers à le prévenir...

— Vous hasarder!... reprit le jeune homme. Votre maître est-il un prince ?...

— Mais..... je ne sais pas..... répondit le garçon.

Ils se regardèrent pendant un moment aussi étonnés l'un que l'autre.

Interprétant le silence de l'inconnu comme un souhait, son guide le laissa seul dans le cabinet.....

V.

Vous êtes-vous jamais lancé dans l'immensité de l'espace, en lisant les œuvres géologiques de M. Cuvier? Avez-vous jamais ainsi plané sur l'abîme sans bornes du passé, comme soutenu par la main d'un enchanteur?

En découvrant de tranche en tranche, de couche en couche, sous les carrières de Mont-

martre ou dans les schistes de l'Oural, ces
animaux dont les dépouilles fossilisées appar-
tiennent à des civilisations antédiluviennes,
l'âme est effrayée d'entrevoir des milliards
d'années, des millions de peuples dont la faible mémoire humaine, dont l'indestructible
tradition divine n'ont pas tenu compte, et
dont la cendre, poussée à la surface de notre
globe, y forme les deux pieds de terre qui
nous donnent du pain et des fleurs.

M. Cuvier n'est-il pas le plus grand poëte
de notre siècle?... Lord Byron a bien repro-
duit, par des mots, quelques agitations morales; mais notre immortel naturaliste a re-
construit des mondes avec des os blanchis, a
rebâti, comme Cadmus, des cités avec des
dents, a repeuplé mille forêts de tous les mystères de la zoologie avec quelques fragmens
de houille, a retrouvé des populations de
géans dans le pied d'un mammouth..... Ces figures se dressent, grandissent et meublent

les anciens jours évanouis. Il est poëte avec des chiffres, sublime en posant un zéro près d'un sept. Il réveille le néant sans prononcer des paroles grandement magiques. Il fouille une parcelle de gypse, y aperçoit une empreinte, et vous crie :

— Voyez !...

Alors il déroule des mondes, animalise les marbres, vivifie la mort, et fait arriver ce genre humian, si bruyamment insolent, après d'innombrables dynasties de créatures gigantesques, après des races de poissons et des familles mollusques.....

Et c'est vous qu'il institue poëtes !... vous, hommes chétifs, nés d'hier ; mais dont le regard retrospectif peut composer des poëmes sans limites, espèces d'Apocalypses rétrogrades.

Alors, en présence de cette épouvantable résurrection due à la voix d'un seul homme, la miette dont nous sommes usufruitiers dans

cet infini sans nom, commun à toutes les
sphères, et que nous avons nommé LE TEMPS,
cette minute de vie nous fait pitié. Alors,
nous nous demandons, écrasés que nous sommes sous tant d'univers inconnus et en ruines, à quoi bon nos gloires, nos haines, nos
amours?... Et si, pour devenir un point in-
tangible dans l'avenir, la peine de vivre doit
s'accepter?... Déracinés du présent, nous sommes morts jusqu'à ce que notre valet de chambre entre et vienne nous dire :

— Monsieur, Madame la comtesse a ré-
pondu qu'elle vous attendrait ce soir...

Les merveilles dont l'aspect venait de présenter au jeune homme toute la création con-
nue, mirent dans son âme l'abattement que
produit chez le philosophe la vue scientifique
des créations inconnues.

Souhaitant plus vivement que jamais de
mourir, il tomba sur une chaise curule, en
laissant errer ses regards à travers les fantas-

magories de ce panorama du passé. Alors, les tableaux s'illuminèrent, les têtes de vierge lui sourirent, et les statues se colorèrent d'une vie trompeuse. A la faveur de l'ombre, et mises en danse par la fiévreuse tourmente qui fermentait dans son cerveau brisé, toutes ces œuvres s'agitèrent et tourbillonnèrent devant lui. Chaque magot lui jeta sa grimace. Les yeux des personnages représentés dans les tableaux, remuèrent en pétillant. Chacune de ces formes frémit, sautilla, se détacha de sa place, gravement, légèrement, avec grâce ou brusquerie selon ses mœurs, son caractère et sa contexture. Ce fut un mystérieux sabbat digne des fantaisies entrevues par le docteur Faust sur le *Brocken*.

Mais, ces phénomènes d'optique enfantés, soit par la fatigue ou par la tension des forces oculaires, soit par les caprices du crépuscule, ne pouvaient effrayer l'inconnu. Les terreurs de la vie étaient impuissantes sur une

âme familiarisée avec les terreurs de la mort.
Il favorisa même, par une sorte de compli-
cité railleuse, les bizarreries de ce galvanisme
moral, dont les prodiges s'accouplaient aux
dernières pensées à la faveur desquelles il
évoquait sa triste existence...

Le silence régnait si profondément autour
de lui, que bientôt, il s'aventura dans une
douce rêverie, dont les impressions, graduel-
lement noires, suivirent, de nuance en nuance
et comme par magie, les lentes dégradations
de la lumière.

Une lueur prête à quitter le ciel ayant fait
reluire un dernier reflet rouge en luttant contre la nuit, il leva la tête et vit un squelette à
peine éclairé qui, le montrant du doigt, pencha dubitativement le crâne de droite à gauche, comme pour lui dire :

— Les morts ne veulent pas encore de toi!...

En passant la main sur son front, pour
chasser le sommeil, le jeune homme sentit

distinctement un vent frais produit par je ne
sais quoi de velu qui lui effleura les joues... Il
frissonna. Mais, les vitres ayant retenti d'un
claquement sourd, il pensa que cette caresse
froide et digne des mystères de la tombe lui
avait été faite par quelque chauve-souris.

Pendant un moment encore, les vagues ré-
flets du couchant lui permirent d'apercevoir
indistinctement les fantômes dont il était entouré. Puis, toute cette nature morte s'abolit
dans une même teinte noire.

La nuit, l'heure de mourir étaient subitement venues...

Il se passa, dès ce moment, un certain laps
de temps, pendant lequel il n'eut aucune per-
ception claire des choses terrestres, soit qu'il
se fût enseveli dans une rêverie plus profonde,
soit qu'il eût cédé à la somnolence provoquée
par ses fatigues et par la multitude des pensées qui lui déchiraient le cœur.

Mais, tout à coup, il crut avoir été appelé

par une voix terrible et tressaillit comme lorsque nous sommes précipités dans un abîme
au gré de quelque brûlant cauchemar. Il ferma
les yeux, les rayons d'une vive lumière l'é-
blouissaient.

Il vit briller au sein des ténèbres une
sphère rougeâtre dont le centre était occupé
par un petit vieillard qui se tenait debout et
dirigeait sur son visage la clarté d'une lampe.
Il ne l'avait entendu ni venir, ni parler, ni se
mouvoir....

Cette apparition eut quelque chose de magique. L'homme le plus intrépide, surpris
ainsi dans son sommeil, aurait sans doute
tremblé devant ce personnage extraordinaire
qui semblait être sorti d'un sarcophage
voisin.

La singulière jeunesse qui animait les yeux
immobiles de cette espèce de fantôme empêchait l'inconnu de croire à des effets surnaturels. Néanmoins, pendant le rapide intervalle

qui sépara sa vie somnambulique de sa vie
réelle, il demeura dans le doute philosophique recommandé par Descartes, et fut alors,
malgré lui, sous la puissance de ces inexplicables hallucinations, dont notre fierté re-
pousse les mystères ou que notre science impuissante tâche en vain d'analyser...

VI.

Figurez-vous un petit vieillard sec et maigre, vêtu d'une robe en velours noir, serrée autour de ses reins par un gros cordon de soie. Sa tête était couverte d'une calotte en velours également noir, qui laissait passer, de chaque côté de la figure, les longues mèches de ses cheveux blancs. La robe ensevelissant

le corps comme dans un vaste linceul, et la
coiffure étant appliquée sur le crâne de manière à encadrer le front, ne permettaient de
voir qu'une étroite figure pâle. Sans le bras
décharné, qui ressemblait à un bâton sur lequel on aurait posé une étoffe, et que le vieillard tenait en l'air pour faire porter sur le
jeune homme toute la clarté de la lampe, ce
visage aurait paru suspendu dans les airs....
Une barbe grise et taillée en pointe cachait
le menton de cet être bizarre, et lui donnait
l'apparence de ces têtes judaïques qui servent
de types aux artistes quand ils veulent repré-
senter Moïse.

Les lèvres de cet homme étaient si décolo-
rées, si minces qu'il fallait une attention particulière pour deviner la ligne tracée par sa
bouche dans ce blanc visage. Son large front
ridé, ses joues blêmes et creuses, la rigueur
implacable de ses petits yeux verts, dénués
de cils et de sourcils, pouvaient faire croire à

l'inconnu que le *peseur d'or* de Gérard Dow
était sorti de son cadre... Une finesse incroyable, trahie par les sinuosités de ses rides, par
les plis circulaires dessinés sur ses tempes,
accusait une science profonde des choses de
la vie.

Il paraissait impossible de tromper cet
homme qui semblait avoir le don de surpren-
dre les pensées au fond des cœurs les plus
discrets. Les mœurs de toutes les nations du
globe et leurs sagesses, se résumaient sur sa
face froide, comme les productions du monde
entier se trouvaient accumulées dans ses magasins poudreux. Vous y lisiez une incroyable conscience de force et la tranquillité lucide
d'un Dieu qui voit tout, ou d'un homme qui
a tout vu. Un peintre aurait, avec deux expressions différentes et en deux coups de
pinceau, fait de cette figure, soit une belle
image du Père Éternel, soit le masque rica-
neur de Méphistophélès : il y avait tout en-

semble une suprême puissance dans le front et de sinistres railleries sur la bouche.

En broyant les chagrins et les peines humaines sous un pouvoir immense, cet homme devait avoir tué les joies terrestres. L'on frémissait en pressentant que ce vieux génie habitait une sphère étrangère au monde et où il vivait seul, sans jouissances, parce qu'il n'avait plus d'illusions ; sans douleur, parce qu'il ne connaissait plus de plaisirs.

Il se tenait debout, immobile, inébranlable comme une étoile au milieu d'un nuage de lumière... Ses yeux verts, pleins de je ne sais quelle malice calme, semblaient éclairer le monde moral comme sa lampe illuminait ce cabinet mystérieux...

Tel fut le spectacle étrange qui surprit le jeune homme au moment où il ouvrit les yeux, après avoir été bercé par des pensées de mort et de fantasques images.

S'il demeura comme étourdi, s'il se laissa

momentanément dominer par une croyance digne d'enfans qui écoutent les contes de leur nourrice, il faut attribuer cette erreur au voile étendu sur sa vie et sur son entendement par ses méditations, à l'agacement de ses nerfs irrités, au drame violent dont les scènes venaient de lui prodiguer les atroces délices contenues dans un morceau d'opium...

Cette vision avait lieu dans Paris, sur le quai Voltaire, au dix-neuvième siècle, temps et lieux où la magie devait être impossible....

Voisin de la maison où le dieu de l'incrédulité française avait expiré, disciple de Gay-Lussac et d'Arago, contempteur des tours de gobelets, l'inconnu n'obéissait sans doute qu'aux fascinations poétiques dont il avait accepté les prestiges et auxquelles nous nous prêtons souvent comme pour fuir de désespérantes vérités, comme pour tenter la puissance de Dieu...

Il trembla donc devant cette lumière et ce .

vieillard, agité par l'inexplicable pressentiment de quelque pouvoir étrange. Mais cette
émotion précordiale était semblable à celle
que nous avons tous éprouvée devant Napoléon, ou en présence de quelque grand homme
revêtu de gloire et brillant de génie.

VII.

— Monsieur désire voir le portrait de Jésus-
Christ peint par Raphaël ?... lui dit courtoi-
sement le vieillard d'une voix dont la sonorité
claire et brève avait quelque chose de métal-
lique.

Et il posa la lampe sur le fût d'une colonne
brisée, de manière à ce que la boîte brune en
reçût toute la clarté.

Aux noms religieux de Jésus-Christ et de Raphaël, un geste de curiosité, sans doute attendu par le vieillard, échappa au jeune homme. Le marchand d'antiquités fit jouer un ressort : tout à coup, le panneau d'acajou, glissant dans une rainure, tomba sans bruit et livra la peinture à l'admiration de l'inconnu.

A l'aspect de cette immortelle création, il oublia tout, les fantaisies du magasin et les caprices de son sommeil. Il redevint homme, reconnut dans le vieillard une créature de chair, bien vivante, nullement fantasmagorique, et revécut dans le monde réel.

La tendre sollicitude, la sérénité douce du visage divin influèrent aussitôt sur lui. Quelque parfum épanché des cieux dissipa les tortures infernales qui lui brûlaient la moelle des os. La tête du Sauveur des hommes paraissait sortir des ténèbres que figurait un fond noir... Une auréole de rayons étincelait

vivement autour de sa chevelure d'où cette
lumière voulait sortir. Sous le front, sous les
chairs, il y avait une éloquente conviction
qui s'échappait de chaque trait par de péné-
trantes effluves... Les lèvres vermeilles venaient de faire entendre la parole de vie, et le
spectateur en cherchait le retentissement sacré dans les airs, il en demandait les ravissantes paraboles au silence, il l'écoutait dans l'a-
venir, la retrouvait dans les enseignemens du
passé... Enfin l'Évangile entier était traduit
par la simplicité calme de ces adorables yeux
où se réfugiaient les âmes troublées ; où sa religion se lisait en un magnifique et suave sourire qui semblait la contenir toute, en expri-
mant ce précepte où elle se résume :

— *Aimez-vous les uns les autres !*

Cette peinture inspirait une prière, com-
mandait le pardon, tuait l'égoïsme, réveillait
toutes les vertus endormies... Le triomphe de
Raphaël était complet. On oubliait le peintre.

Partageant le privilége des enchantemens de la musique, son œuvre vous jetait sous le charme impérieux des souvenirs... Le prestige de la lumière agissait encore sur cette merveille. Par momens, il semblait que la tête s'élevât dans le lointain, au sein de quelque nuage.

— J'ai couvert cette toile de pièces d'or!... dit froidement le marchand.

— Eh bien! il va falloir mourir!... s'écria le jeune homme qui sortait d'une rêverie dont la dernière pensée l'avait ramené vers sa fatale destinée, en le faisant descendre, par d'insensibles déductions, d'une dernière espérance à laquelle il s'était attaché...

— Ah! ah! j'avais donc raison de me méfier de toi!... répondit le vieillard en saisissant les deux mains du jeune homme et les serrant par les poignets dans l'une des siennes comme dans un étau de fer.

L'inconnu sourit tristement de cette mé-
prise, et dit d'une voix douce :

— Hé, Monsieur, ne craignez rien ! Il s'agit
de ma vie et non de la vôtre...

— Pourquoi n'avouerai-je pas une innocente supercherie ? reprit-il après avoir regardé le vieillard inquiet... En attendant la
nuit afin de pouvoir me noyer sans esclan-
dre, je suis venu voir vos richesses. Qui ne
pardonnerait ce dernier plaisir à un homme
de science et de poésie ?...

Le soupçonneux vieillard examinait d'un
œil sagace le visage morne de son faux cha-
land pendant qu'il parlait ; et, rassuré par
l'accent de cette voix douloureuse, ou lisant
peut-être, dans ces traits décolorés, les sinistres destinées dont avaient naguère frémi les
joueurs, il lâcha les mains qu'il tenait si vi-
goureusement. Mais, par un reste de suspi-
cion qui révélait une expérience au moins
centenaire, il étendit nonchalamment le bras

vers un buffet comme pour s'appuyer, et dit en y prenant un stylet :

— Êtes-vous depuis trois ans surnuméraire au trésor, sans y avoir touché de gratification?...

L'inconnu ne put s'empêcher de sourire en faisant un geste négatif.

— Votre père vous a-t-il trop vivement reproché d'être venu au monde?... ou bien êtes-vous déshonoré?...

— Si je voulais me déshonorer... je vivrais.

— Avez-vous été sifflé aux Funambules?... ou vous trouvez-vous obligé de composer des flons flons pour payer le convoi de votre maîtresse?... n'auriez-vous pas plutôt la maladie de l'or?... voulez-vous détrôner l'ennui?... enfin quelle erreur vous engage à mourir?...

— Ne cherchez pas le principe de ma mort dans les raisons vulgaires qui commandent la plupart des suicides... Pour me dispenser de vous dévoiler des souffrances inouïes et qu'il

est difficile d'exprimer en langage humain, je
vous dirai que je suis dans la plus profonde,
la plus ignoble, la plus perçante de toutes les
misères...

— Et, ajouta-t-il d'un ton de voix dont la
fierté sauvage démentait ses paroles précé-
dentes, je ne veux mendier ni secours ni con-
solations...

— Eh! eh!... répondit le vieillard.

Ces deux syllabes ressemblèrent au cri
d'une crecelle.

— Sans que je vous console, sans que vous
m'imploriez, sans avoir à rougir, reprit le
marchand, et sans que je vous donne :

Un centime de France,

Un parat du Levant,

Un tarain de Sicile,

Un heller d'Allemagne,

Une seule des sersterces ou des oboles de
l'ancien monde ni une piastre du nouveau;

Sans vous donner quoi que ce soit, en

Or,

Argent,

Billon,

Papier,

Billet,

Je veux vous faire plus riche, plus puissant et plus considéré que ne peut l'être un roi constitutionnel... Eh ! eh !...

Le jeune homme resta comme engourdi, croyant le vieillard en enfance.

— Retournez-vous... dit le marchand saisissant tout à coup la lampe pour en diriger la lumière sur le mur qui faisait face au portrait.

Puis, il ajouta :

— Regardez cette *Peau de Chagrin !*...

VIII.

Le jeune homme se leva brusquement et témoigna quelque surprise en apercevant un phénomène assez extraordinaire.

Accroché sur le mur à un clou précisément au-dessus du siége où il s'était assis, un morceau de *chagrin*, dont la dimension n'excé-

dait pas celle d'une peau de renard, paraissait
projeter des rayons lumineux... Au sein de la
profonde obscurité qui régnait dans le magasin, vous eussiez dit d'une petite comète...

Le jeune incrédule s'approcha de ce pré-
tendu talisman, souverain contre le malheur,
en s'en moquant par une phrase mentale; mais
animé, cependant, d'une curiosité bien légitime, il se pencha pour le regarder alternativement sous toutes les faces. Alors, il décou-
vrit bientôt une cause naturelle à cette lucidité singulière. Les grains noirs du chagrin
étaient si soigneusement polis et si bien bru-
nis, les rayures capricieuses en étaient si propres et si nettes que, pareilles à des facettes de
grenat, les aspérités de ce cuir oriental simu-
laient autant de petits foyers qui réfléchis-
saient vivement la lumière.

Il démontra mathématiquement la raison
de ce phénomène au vieillard qui, pour toute
réponse, sourit avec malice.

Ce sourire de supériorité fit croire au jeune savant qu'il était dupe en ce moment de quelque charlatanisme; et, ne voulant pas emporter une énigme de plus dans la tombe, il retourna promptement la peau comme un enfant, pressé de connaître les innocens secrets de quelque nouveau jouet.

— Ah! ah! s'écria-t-il, voici l'empreinte du sceau que les Orientaux nomment *le cachet de Salomon...*

— Vous le connaissez donc?... demanda le marchand de curiosités, dont les narines laissèrent passer deux ou trois bouffées d'air qui peignirent plus d'idées que les plus énergiques paroles.

— Y a-t-il au monde un homme assez simple pour croire à l'existence de cette chimère!... s'écria le jeune homme piqué d'entendre ce rire muet et plein d'amères dérisions.

— Ne savez-vous pas, ajouta-t-il, que les superstitions de l'Orient ont consacré la forme mystique et les caractères mensongers de cet emblème qui représente une puissance fabuleuse?... Je ne dois pas, dans cette circonstance, être plus taxé de niaiserie que si je parlais des Sphinx ou des Griffons, dont l'existence est en quelque sorte scientifique...

— Puisque vous êtes un orientaliste, reprit le vieillard, peut-être lirez-vous cette sentence...

Apportant alors la lampe près du talisman que le jeune homme tenait à l'envers, il lui fit apercevoir des caractères incrustés dans le tissu cellulaire de cette peau merveilleuse, comme s'ils eussent été produits par l'animal auquel elle avait jadis appartenu.

— J'avoue, s'écria l'inconnu, que je ne devine guère le procédé dont on se sera servi pour graver si profondément ces lettres sur la peau d'un onagre...

Et, se retournant avec vivacité vers les tables chargées de curiosités, ses yeux errans parurent y chercher quelque chose.

— Que voulez-vous ?... demanda le vieillard.

— Un instrument pour trancher le chagrin afin de voir si les lettres y sont empreintes ou incrustées...

Le vieillard lui présenta le stylet. Il le prit et tenta d'entamer la peau à l'endroit où les paroles se trouvaient écrites; mais quand il eut enlevé une légère couche du cuir, les lettres y reparurent si nettes et tellement conformes à celles qui étaient imprimées sur la surface, que, pendant un moment, il crut n'en avoir rien ôté.

— L'industrie du Levant a des secrets qui lui sont réellement particuliers ! dit-il en regardant la sentence orientale avec une sorte d'inquiétude.

— Oui !... répondit le vieillard, il vaut mieux s'en prendre aux hommes qu'à Dieu !

Les paroles mystérieuses étaient disposées de la manière suivante :

```
     SI TU ME POSSÈDES TU POSSÉDERAS TOUT.
     MAIS TA VIE M'APPARTIENDRA. DIEU L'A
       VOULU AINSI. DÉSIRE, ET TES DÉSIRS
          SERONT ACCOMPLIS. MAIS RÈGLE
             TES SOUHAITS SUR TA VIE.
             ELLE EST LA. A CHAQUE
               VOULOIR JE DÉCROITRAI
                COMME TES JOURS.
                   ME VEUX - TU?
                  PRENDS. DIEU
                   T'EXAUCERA.
                    — SOIT!
```

— Ah ! vous lisez couramment le sanscrit ?.. dit le vieillard. Peut-être avez-vous voyagé dans le Bengale, en Perse ?...

— Non, Monsieur, répondit le jeune homme en tâtant avec curiosité cette peau symbolique, assez semblable à une feuille de métal par son peu de flexibilité.

Le vieux marchand remit la lampe sur la

colonne où il l'avait prise, en lançant au jeune homme un regard empreint d'une froide ironie qui semblait dire :

— Il ne pense déjà plus à mourir!....

IX.

Est-ce une plaisanterie, est-ce un mys-
tère?... demanda le jeune inconnu.

Le vieillard hocha la tête et dit gravement :

— Je ne saurais vous répondre. J'ai offert le terrible pouvoir dont ce talisman est
investi, à des hommes doués de plus d'énergie que vous ne paraissez en avoir; mais tout

en se moquant de la problématique influence qu'il devait exercer sur leurs destinées futures, aucun n'a voulu se risquer à signer ce contrat si fatalement proposé par je ne sais quelle puissance. Je pense comme eux : comme eux, j'ai douté, me suis abstenu, et...

— Et vous n'avez pas même essayé ?... dit le jeune homme.

— Essayer !... reprit le vieillard. Si vous étiez sur la colonne de la place Vendôme, essaieriez-vous de vous jeter dans les airs ?... Peut-on arrêter le cours de la vie ? L'homme a-t-il jamais pu scinder la mort ?

Avant d'entrer dans ce cabinet, vous aviez résolu de périr par un suicide... Mais, tout à coup, un secret vous occupe, et vous distrait de mourir !... Enfant !... Chacun de vos jours ne vous offrira-t-il pas une énigme plus intéressante que ne l'est celle-ci ?...

— Écoutez-moi...

J'ai vu la cour licencieuse du régent... Alors,

comme vous, j'étais dans la misère : j'ai mendié mon pain. Néanmoins j'ai atteint l'âge de cent deux ans, et je suis devenu millionnaire... Le malheur m'a donné la fortune, et l'ignorance m'a instruit.

Je vais vous révéler en peu de mots un grand mystère de la vie humaine.

L'homme s'épuise par deux actes instinctivement accomplis qui tarissent les sources de son existence. Deux verbes expriment toutes les formes que prennent ces deux causes de mort : VOULOIR et POUVOIR.

Entre ces deux termes de l'action humaine, il est une autre formule dont s'emparent les sages, et c'est à elle que je dois le bonheur et la longévité. *Vouloir* nous brûle et *Pouvoir* nous détruit ; mais SAVOIR laisse notre faible organisation dans un perpétuel état de calme. Ainsi, le désir ou le vouloir est mort en moi, tué par la pensée ; et le mouvement ou le pouvoir s'est résolu par le jeu naturel de mes or-

I. 4ᵉ édit.   9

ganes. En deux mots, j'ai placé ma vie, non dans le cœur qui se brise, non dans les sens qui s'émoussent, mais dans le cerveau qui ne s'use pas et survit à tout.

Aussi, rien d'excessif n'a froissé ni mon âme ni mon corps. Cependant, j'ai vu le monde entier. Mes pieds ont foulé les plus hautes montagnes de l'Asie et de l'Amérique. J'ai appris tous les langages humains et j'ai vécu sous tous les régimes. J'ai prêté mon argent à un Chinois en prenant pour gage le corps de son père; j'ai dormi sous la tente de l'Arabe sur la foi de sa parole; j'ai signé des contrats dans les capitales européennes, et j'ai laissé mon or, sans crainte, dans le wigham des sauvages. J'ai tout obtenu parce que j'ai tout su dédaigner. Ma seule ambition a été de voir; car voir, c'est savoir! Oh! savoir, jeune homme, n'est-ce pas jouir intuitivement? N'est-ce pas découvrir la substance même du fait et s'en emparer essentiellement? Que reste-t-il d'une possession matérielle ?... Rien qu'une idée. Jugez alors combien doit être belle la vie d'un homme qui, pouvant empreindre toutes les réalités dans sa pensée, transporte en son âme les sources du bonheur, en extrait mille voluptés idéales, dépouillées des souillures terrestres. La pensée est la clef de tous les trésors. Elle procure les plaisirs de l'avare sans en donner les soucis... Ainsi, ai-je plané sur le monde, où mes plaisirs ont toujours été des jouissances intellectuelles. Mes débauches étaient la contemplation des mers, des peuples, des forêts, des montagnes !... J'ai tout vu ; mais sans fatigue, tranquillement : je n'ai jamais rien désiré, j'ai tout attendu. Je me suis promené dans l'univers comme dans le jardin d'une habitation qui m'appartenait...

Ce que les hommes appellent chagrins, amours, ambition, revers, tristesse, sont pour moi des idées que je change en rêveries. Au lieu de les sentir, je les exprime, je les tra-

duis; et, au lieu de leur laisser dévorer ma
vie, je les dramatise, je les développe, je m'en
amuse comme de romans que je lirais par une
vision intérieure... N'ayant point forcé mes organes, je jouis encore d'une santé robuste; et
mon âme, ayant hérité de toute la force dont
je n'abusais pas, cette tête est encore mieux
meublée que mes magasins...

— Là !.... dit-il en se frappant le front, là
sont les millions. Je passe des journées délicieuses en jetant un regard intelligent dans le
passé. J'évoque des pays entiers, des sites,
des vues de l'Océan, des figures ravissantes!
J'ai un sérail imaginaire où je possède toutes
les femmes que je n'ai pas eues... Je revois souvent vos guerres, vos révolutions... Je les
juge!... Oh! comment préférer de fébriles, de
légères admirations pour quelques chairs plus
ou moins colorées, pour des formes plus ou
moins rondes, comment préférer tous les désastres de vos volontés trompées, à la faculté

sublime de faire comparaître en soi l'univers même, au plaisir immense de se mouvoir sans être garotté par les liens du temps et de l'espace, de tout embrasser, de tout voir, de se pencher sur le bord du monde pour interroger les autres sphères, pour écouter Dieu !...

— Ceci !..... dit-il d'une voix éclatante en montrant la peau de chagrin, est le *pouvoir* et le *vouloir* réunis !... Ce sont vos désirs excessifs, vos intempérances, vos joies qui tuent, vos douleurs qui font trop vivre !... Car le mal n'est peut-être qu'un violent plaisir. Qui sait à quel point la volupté devient un mal et celui où le mal est encore la volupté ?... Les plus vives lumières du monde idéal caressent la vue, tandis que les plus douces ténèbres du monde physique la blessent. Sagesse ne vient-elle pas de savoir ?... Et qu'est-ce que la folie ?... sinon l'excès d'un vouloir ou d'un pouvoir....

— Eh bien, oui ! je veux savoir... dit l'inconnu en saisissant *la peau de chagrin*.

— Jeune homme! s'écria le vieillard avec une incroyable vivacité.

— J'avais résolu ma vie par l'étude et la pensée, mais elles ne m'ont pas nourri... Je ne veux pas être la dupe d'une prédication digne de Swendenborg, et de votre amulette orientale, ou plutôt, Monsieur, des charitables efforts que vous faites pour me retenir dans un monde où mon existence est impossible.

— Voyons ?... ajouta-t-il en serrant le talisman d'une main convulsive et regardant le vieillard. Je veux un dîner royalement splendide, quelque bacchanale digne du siècle où tout s'est, dit-on, perfectionné!..... Que mes convives soient jeunes, spirituels et sans préjugés, joyeux jusqu'à la folie!... Que les vins se succèdent toujours plus incisifs, plus pétillans et soient de force à nous enivrer pour trois jours. Que la nuit soit parée de femmes ardentes! Enfin, je veux voir la Débauche en

délire, rugissante, et dans son char à quatre chevaux, qui nous emporte par delà les
bornes du monde et nous verse en des plages
inconnues..... Que les âmes montent dans les
cieux ou se plongent dans la boue, je ne sais
si, alors, elles s'élèvent ou s'abaissent... Peu
m'importe ! Mais je commande à ce pouvoir
sinistre de me fondre toutes les joies dans
une joie !... Oui, j'ai besoin d'embrasser les
plaisirs du ciel et de la terre dans une dernière
étreinte pour en mourir... Aussi, souhaité-je
et des priapées antiques après boire, et des
chants à réveiller les morts, et de triples baisers, des baisers sans fin, dont le bruit passe
sur Paris comme un craquement d'incendie,
y réveille les époux et leur inspire une ar-
deur cuisante qui rajeunisse même les septua-
génaires !...

Un éclat de rire, parti de la bouche du
petit vieillard, retentit comme un bruissement de l'enfer...

Le jeune homme interdit s'arrêta.

— Croyez-vous, dit le marchand, que mes planchers vont s'ouvrir tout à coup pour donner passage à des tables somptueusement servies, à des convives de l'autre monde ?... Non, non, jeune étourdi... Vous avez signé le pacte !...

Tout est dit.

Maintenant vos volontés seront scrupuleusement satisfaites ; mais aux dépens de votre vie. Le cercle de vos jours, figuré par cette peau, se resserrera suivant la force et le nombre de vos souhaits, depuis le plus léger jusqu'au plus exhorbitant !...

Le brachmane auquel je dois ce talisman m'a jadis expliqué qu'il s'opérerait un mystérieux accord entre les destinées et les souhaits du possesseur... Votre premier désir est vulgaire, je pourrais le réaliser ; j'en laisse le soin aux événemens de votre nouvelle vie... Après tout, vous vouliez mourir ?... Hé bien ! votre suicide n'est que retardé...

L'inconnu, surpris et presque irrité de se voir toujours plaisanté par ce singulier vieillard dont l'intention demi-philantropique lui parut clairement démontrée dans cette dernière raillerie, s'écria :

— Je verrai bien, Monsieur, si ma fortune changera pendant le temps que je vais mettre à franchir la largeur du quai... Mais si vous ne vous moquez pas d'un malheureux, je désire, pour me venger d'un si fatal présent, que vous tombiez amoureux d'une danseuse ! Alors, vous comprendrez le bonheur d'une débauche, et deviendrez peut-être prodigue de tous les biens que vous avez si philosophiquement ménagés !

A ces mots, il sourit sans entendre un grand soupir, poussé peut-être par le vieillard. Il traversa les salles, descendit les escaliers de cette maison, suivi par le gros garçon joufflu

qui tâcha vainement de l'éclairer; il courait
avec la prestesse d'un voleur pris en flagrant
délit...

Aveuglé par une sorte de délire, il ne s'a-
perçut même pas de l'incroyable ductilité de
la peau de chagrin, qui, devenue souple
comme un gant, se roula sous ses doigts fré-
nétiques, et put entrer dans la poche de son
habit, où il la mit presque machinalement.

X.

En s'élançant de la porte du magasin sur la chaussée du quai, l'inconnu heurta trois jeunes gens qui se tenaient bras dessus bras dessous.

— Animal !...

— Imbécile !...

Telles furent les gracieuses interpellations qu'ils échangèrent.

— Eh! c'est Raphaël!...

— Ah bien! nous te cherchions!...

— Quoi! c'est vous...

Ces trois phrases amicales succédèrent à l'injure, aussitôt que la clarté d'un réverbère balancé par le vent frappa les visages de ce groupe étonné.

— Mon cher ami, dit à Raphaël le jeune homme qu'il avait failli renverser, tu vas venir avec nous...

— De quoi s'agit-il donc ?...

— Viens toujours, je te conterai l'affaire en marchant!...

Et de force ou de bonne volonté, Raphaël fut entouré de ses amis qui, l'ayant enchaîné par les bras dans leur joyeuse bande, l'entraînèrent vers le Pont-des-Arts.

— Mon cher, dit l'orateur en continuant, nous sommes à ta poursuite depuis une semaine environ... A ton respectable hôtel Saint-Quentin, dont nous avons, par parenthèse,

admiré l'enseigne inamovible en lettres toujours alternativement noires et rouges comme
au temps de J.-J. Rousseau ; ta Léonarde nous
a dit que tu étais parti pour la campagne au
mois de juin. Cependant, nous n'avions certes pas l'air de gens à argent, huissiers, créanciers, gardes du commerce, etc... N'importe!
Rastignac t'ayant aperçu la veille aux Bouffons, nous avons repris courage, et mis de
l'amour-propre à savoir si tu perchais sur les
arbres des Champs-Élysées ; si tu allais coucher pour deux sous dans ces maisons philantropiques où les mendians dorment appuyés
sur des cordes tendues; ou si, enfin, plus
heureux, ton bivouac n'était pas établi dans
quelque boudoir...

Nous ne t'avons rencontré nulle part, ni
sur les écrous de Sainte-Pélagie, ni sur ceux
de la Force ! Les ministères, l'Opéra, les maisons conventuelles, cafés, bibliothèques, lis-
tes de préfets, bureaux de journalistes, res-

taurans, foyers de théâtre, bref, tout ce qu'il
y a dans Paris de bons et de mauvais endroits,
ayant été savamment explorés, nous gémis-
sions sur la perte d'un homme doué d'assez
de génie pour se faire également chercher à la
cour et dans les prisons... Nous parlions de
te canoniser comme un héros de juillet... et,
nous te regrettions...

En ce moment, Raphaël passait avec ses
amis sur le Pont-des-Arts, où, sans les écouter, il regardait la Seine, dont les eaux mu-
gissantes répétaient les lumières de Paris.

Au-dessus de ce fleuve dans lequel il voulait se précipiter naguère, les prédictions du
vieillard étaient accomplies : l'heure de sa
mort se trouvait fatalement retardée...

— Et, nous te regrettions... d'honneur!...
dit son ami poursuivant toujours. Il s'agit
d'une combinaison dans laquelle nous te com-
prenions en ta qualité d'homme supérieur;

c'est-à-dire d'homme qui sait se mettre au-
dessus de tout.

— L'escamotage de la muscade constitu-
tionnelle sous le gobelet royal se fait aujour-
d'hui, mon cher, plus gravement que jamais.
L'infâme Monarchie renversée par l'héroïsme
populaire était une femme de mauvaise vie
avec laquelle on pouvait rire et banqueter;
mais la Patrie est une épouse acariâtre et vertueuse, dont il nous faut accepter, bon gré,
mal gré, les caresses compassées... Or donc,
le pouvoir s'est transporté, comme tu sais, des
Tuileries chez les journalistes, de même que le
budget a changé de quartier, en passant du
faubourg Saint-Germain à la Chaussée-
d'Antin.

— Mais, voici ce que tu ne sais peut-être
pas! Le gouvernement, c'est-à-dire l'aristo-
cratie de banquiers et d'avocats, qui font de
la patrie comme les prêtres faisaient jadis de
la monarchie, a senti la nécessité de mystifier

avec des mots nouveaux et de nouvelles idées,
le bon peuple de France à l'instar des hommes
d'état de l'absolutisme. Il s'agit donc de nous
inculquer une opinion royalement nationale,
en nous prouvant qu'il est bien plus heureux
de payer douze cents millions trente-trois
centimes à la patrie représentée par messieurs
tels et tels, que onze cents millions neuf centimes à un roi qui disait *moi* au lieu de dire
nous. En un mot, il s'est fondé un journal, armé
de deux ou trois cents bons mille francs, dont
le but est de faire une opposition qui contente
les mécontens, sans nuire au gouvernement
national du roi-citoyen...

Or, comme nous nous moquons de la liberté autant que du despotisme, de la religion aussi bien que de l'incrédulité; que, pour
nous, la patrie est une capitale où toutes les
idées s'échangent, où tous les jours amènent
de succulens dîners, de nombreux spectacles
où fourmillent de licencieuses prostituées, des

soupers qui ne finissent que le lendemain,
des amours qui vont à l'heure comme les cita-
dines; et que Paris sera toujours la plus ado-
rable de toutes les patries!... la patrie de la
joie, de la liberté, de l'esprit, des jolies femmes, des mauvais sujets et du bon vin; que le
pouvoir ne s'y fera jamais trop sentir...

Nous, véritables sectateurs du dieu Méphistophélès,

Avons entrepris de badigeonner l'esprit
public, de rhabiller les acteurs, de clouer de
nouvelles planches à la baraque gouverne-
mentale, de médicamenter les doctrinaires,
de recuire les vieux républicains, de ré-
champir les bonapartistes et de ravitailler les
centres, pourvu qu'il nous soit permis de rire,
in petto, des rois et des peuples, de ne pas
être toujours de notre opinion, et de passer
une joyeuse vie à la Panurge ou *more orientali*,
couchés sur de moelleux coussins...

Or, comme nous te destinions les rênes de

cet empire macaronique et burlesque, nous t'emmenons de ce pas au dîner donné par les fondateurs dudit journal...

Tu y seras accueilli comme un frère, et nous t'y saluerons roi de ces esprits frondeurs que rien n'épouvante et dont la perspicacité découvre les intentions de l'Autriche, de l'Angleterre ou de la Russie, avant que la Russie, l'Angleterre ou l'Autriche n'aient des intentions !... Oui, nous t'instituerons le souverain de ces puissances intelligentes qui fournissent au monde les Mirabeau, les Talleyrand, les Pitt, les Metternich, tous ces hardis *Crispins* enfin qui jouent entre eux les destinées d'un empire comme les hommes vulgaires jouent leur *kirche* aux dominos... Nous t'avons donné pour le plus intrépide compagnon qui jamais ait étreint corps à corps la Débauche, ce monstre admirable avec lequel veulent lutter tous les esprits forts ! Nous avons même affirmé qu'il ne t'a pas encore vaincu. J'espère que tu ne feras pas mentir nos éloges. L'amphitryon nous a promis de surpasser les étroites saturnales de nos petits Lucullus modernes... Il est assez riche pour mettre de la grandeur dans les petitesses, de l'élégance et de la grâce dans le vice...

—Entends-tu, Raphaël? lui demanda l'orateur en s'interrompant.

—Oui!... répondit le jeune homme moins étonné de l'accomplissement de ses souhaits que surpris de la manière simple et naturelle dont les événemens s'enchaînaient. Quoiqu'il lui fût impossible de croire à une influence magique, il admirait les hasards de la destinée humaine.

—Mais tu nous dis oui!... comme si tu pensais à la mort de ton grand-père... lui répliqua l'un de ses voisins.

—Ah! reprit Raphaël avec un accent de naïveté qui fit rire ces écrivains, l'espoir de la jeune France, je pensais, mes amis, que nous

voilà près de devenir de bien grands coquins...
Jusqu'à présent nous avons fait de l'impiété
entre deux vins; nous avons pesé la vie étant
ivres; nous avons prisé les hommes et les
choses en digérant; vierges du fait, nous
étions hardis en paroles; mais marqués maintenant par le fer chaud de la politique, nous
allons entrer dans le grand bagne, et y perdre nos illusions... Or, quand on ne croit plus
qu'au diable, il est permis de regretter le pa-
radis de la jeunesse, le temps d'innocence où
nous tendions dévotieusement la langue à un
bon prêtre, pour recevoir le sacré corps de
notre Seigneur Jésus-Christ... Ah! mes bons
amis, si nous avons eu tant de plaisir à commettre nos premiers péchés, c'est que nous
avions des remords pour les embellir et leur
donner du piquant, de la saveur; tandis que
maintenant...

— Oh! maintenant, reprit le premier interlocuteur, il nous reste...

— Quoi ?... dit un autre...

— Le crime...

— Ah ! c'est un mot cela ! mais il a toute la hauteur d'une potence et toute la profondeur de la Seine !... répliqua Raphaël.

— Oh ! tu ne m'entends pas... Je parle des crimes politiques..... Je n'envie, depuis ce matin, qu'une existence..... celle des conspirateurs... Demain, je ne sais si ma fantaisie durera toujours, mais ce soir, la vie pâle de notre civilisation, unie comme la rainure d'un chemin de fer, fait bondir mon cœur de dégoût ! Je suis épris de passion pour les malheurs de la déroute de Moscou, pour les émotions du *Corsaire rouge* et l'existence des contrebandiers. Puisqu'il n'y a plus de Chartreux en France, je voudrais au moins un Botany-bay, une espèce d'infirmerie destinée aux petits lord Byron, qui, après avoir chiffonné la vie comme une serviette après dîner, n'ont plus rien à faire qu'à incendier leur pays, se brûler la cervelle, vouloir la république ou la guerre...

— Émile, dit avec feu le voisin de Raphaël à l'interlocuteur, foi d'homme, sans la révolution de juillet, je me faisais prêtre pour aller mener une vie animale au fond de quelque campagne, et...

— Et tu aurais lu le bréviaire tous les jours ?...

— Oui...

— Tu es un fat.

— Nous lisons bien les journaux ?...

— Pas mal, pour un journaliste... Mais, tais-toi, nous marchons au milieu d'une masse d'abonnés. Le journalisme, vois-tu ?... c'est la religion des sociétés modernes, et il y a progrès, car ces nouveaux pontifes ne sont pas tenus de croire, ni le peuple non plus...

En devisant ainsi, comme de braves gens qui savaient le *De Viris illustribus*, depuis longues années, ils arrivèrent à un hôtel de la rue Joubert.

XI.

Émile était un auteur qui avait conquis plus de gloire dans ses chutes que les autres n'en recueillent de leurs succès. Hardi dans ses compositions, plein de verve et de mordant, il possédait toutes les qualités que comportaient ses défauts : il était franc, rieur, et disait en face une épigramme à un ami, qu'ab-

sent, il défendait avec courage et loyauté. Il
se moquait de tout, même de son avenir; et,
toujours dépourvu d'argent, il restait comme
tous les hommes de quelque portée, plongé
dans une inexprimable paresse, jetant un livre
dans un mot au nez de gens qui ne savaient
pas mettre un mot dans leurs livres. Prodigue de promesses qu'il ne réalisait jamais, il
s'était fait de sa fortune et de sa gloire un
coussin pour dormir, courant ainsi la chance
de se réveiller vieux, à l'hôpital. Du reste, ami
jusqu'à l'échafaud, fanfaron de cynisme et
simple comme un enfant, travaillant par bou-
tade ou par nécessité.

— Nous allons faire, suivant l'expression de
maître Alcofribas, un fameux *tronçon de chère
lie!*... dit-il à Raphaël en lui montrant les
caisses de fleurs qui embaumaient et verdis-
saient les escaliers.

— Oh! que j'aime les porches bien chauf-
fés, et garnis de riches tapis!... répondit Ra-

phaël. Le luxe dès le péristyle est rare en France... Ici, je me sens renaître...

— Et là haut nous allons boire et rire encore une fois, mon pauvre Raphaël....

— Ah çà! reprit-il, j'espère que nous serons les vainqueurs et que nous marcherons sur toutes ces têtes-là !...

Et, d'un geste moqueur, il lui montra les convives, en entrant dans un salon resplendissant de luxe et de lumière.

Ils furent aussitôt accueillis par les jeunes gens les plus remarquables de Paris.

L'un venait de révéler un talent neuf, et de rivaliser, par son premier tableau, avec les gloires de la peinture impériale.

L'autre avait hasardé, la veille, un livre plein de verdeur, empreint d'une sorte de dédain littéraire et qui découvrait de nouvelles routes à l'école moderne.

Plus loin, un statuaire dont la figure pleine de rudesse accusait quelque vigoureux génie, causait avec un de ces froids railleurs qui, selon l'occurrence, tantôt, ne veulent voir de supériorités nulle part, et tantôt en reconnaissent partout.

Ici, le plus spirituel de nos caricaturistes à l'œil malin, à la bouche mordante, guettait les épigrammes pour les traduire à coups de crayon.

Là, ce jeune et audacieux écrivain, qui, mieux que personne, distillait la quintescence des pensées politiques, ou, dans un article, condensait, en se jouant, l'esprit d'un écrivain fécond, s'entretenait avec ce poëte dont les écrits écraseraient toutes le œuvres du temps présent, si son talent avait la puissance de sa haine. Tous deux essayaient de ne pas dire la vérité, de ne pas mentir, en s'adressant de douces flatteries.

Un musicien célèbre consolait en *si bémol* et d'une voix moqueuse un jeune homme po-

litique récemment tombé de la tribune sans
se faire aucun mal.

De jeunes auteurs sans style étaient auprès
de jeunes auteurs sans idées, des prosateurs
pleins de poésie, près de poëtes prosaïques;
et, voyant ces êtres incomplets, un pauvre
saint-simonien, assez naïf pour croire à sa
doctrine, les accouplait avec charité, voulant
sans doute les transformer en religieux de
son ordre.

Enfin, il y avait deux ou trois de ces savans, destinés à mettre de l'azote dans la conversation, et plusieurs vaudevillistes prêts à
y jeter de ces lueurs éphémères, qui, semblables aux étincelles du diamant, ne donnent
ni chaleur ni lumière...

Quelques hommes à paradoxes, riant sous
cape des gens qui épousaient leurs admirations ou leurs mépris pour les hommes et les
choses, faisaient déjà de cette politique à double tranchant, avec laquelle ils conspirent

contre tous les systèmes, sans prendre parti
pour aucun.

Le *jugeur*, qui ne s'étonne de rien, qui se
mouche au milieu d'une cavatine aux Bouffons, y crie *brava!*... avant tout le monde, et
contredit ceux qui prédisent son avis, était
là, cherchant à s'attribuer les mots des gens
d'esprit.

Parmi ces convives, cinq avaient de l'avenir; une dixaine devait obtenir quelque gloire
viagère; et, quant aux autres, ils pouvaient
se dire, comme toutes les médiocrités, le fameux mot de Louis XVIII : *Union et Oubli...*

L'amphitryon avait la gaieté soucieuse d'un
homme qui dépense deux mille écus, et,
comme de temps à autre ses yeux se diri-
geaient avec impatience vers la porte du salon,
il était facile de voir que tous les convives se
trouvaient réunis, moins un... Bientôt apparut un gros petit homme, accueilli soudain
par une flatteuse rumeur. C'était le notaire

qui, le matin même, avait achevé de créer le journal.

Un valet de chambre vêtu de noir vint ouvrir les portes d'une vaste salle à manger où chacun alla, sans cérémonie, reconnaître sa place autour d'une table immense.

Avant de quitter les salons, Raphaël y jeta un dernier coup d'œil. Son souhait était, certes, bien complètement réalisé. La soie et l'or tapissaient les appartemens. De riches candélabres supportant d'innombrables bougies faisaient briller les moindres frises dorées, les ciselures délicates des bronzes, et les somptueuses couleurs de l'ameublement. Les fleurs rares de quelques jardinières artistement construites avec des bambous, répandaient de doux parfums; les draperies respiraient une élégance sans prétention; et il y avait en tout je ne sais quelle grâce poétique, dont le prestige devait agir sur l'imagination d'un homme sans argent.

— Cent mille livres de rente sont un bien joli commentaire du catéchisme, et nous aident merveilleusement à mettre *la morale en action !...* dit-il en soupirant. Oh! oui, ma vertu ne va guère à pied... Pour moi le vice... c'est une mansarde, un habit rapé, un chapeau gris en hiver et des dettes chez le portier... Ah! je veux vivre au sein de ce luxe un an, six mois, n'importe..... et puis après..... mourir. J'aurai du moins épuisé, connu, dévoré mille existences.

—Oh! oh!... lui dit Émile, qui l'écoutait, tu prends le coupé d'un agent de change pour le bonheur... Va, tu serais bientôt ennuyé de la fortune en t'apercevant qu'elle te ravirait la chance d'être un homme supérieur... Entre les pauvretés de la richesse et les richesses de la pauvreté, l'artiste a-t-il jamais hésité... Il nous faut des luttes, à nous autres... Aussi, prépare ton estomac!... Vois!...

Et il lui montra, par un geste héroïque, le

majestueux, le trois fois saint, évangélique et
rassurant aspect que présentait la salle à manger du benoît capitaliste.

— Cet homme-là, reprit-il, ne s'est vraiment donné la peine d'amasser son argent que
pour nous... N'est-ce pas une espèce d'éponge
oubliée par les naturalistes dans l'ordre des
polypiers, et qu'il s'agit de presser avec délica-
tesse, avant de la laisser sucer par des héri-
tiers ? Ne trouves-tu pas du style aux bas-reliefs qui décorent les murs ? Et les lustres, et
les tableaux, quel luxe bien entendu ! S'il faut
croire les envieux et ceux qui tiennent à voir
les ressorts de la vie, cet homme aurait tué,
pendant la révolution, je ne sais quelle vieille
dame asthmatique, un petit orphelin scrofu-
leux et quelque autre personne. Peux-tu donner place à des crimes sous les cheveux gri-
sonnans de notre vénérable amphitryon ?... Il
a l'air d'un bien bon homme... Vois donc
comme l'argenterie étincelle ?... Et chacun de

ces rayons brillans serait pour lui un coup
de poignard. Allons donc! autant vaudrait
croire en Mahomet. Si le public avait raison,
voici trente hommes de cœur et de talent qui
s'apprêteraient à manger les entrailles, à boire
le sang d'une famille!... Et nous deux, jeunes
gens pleins de candeur, d'enthousiasme, nous
serions complices du forfait!... J'ai envie de
demander à notre capitaliste s'il est honnête
homme.

— Non pas maintenant! s'écria Raphaël.
Quand il sera ivre-mort, — nous aurons
dîné.

Et les deux amis s'assirent en riant.

up
rait
on,
qui
oire
nes
ous
e de
iête

aël.
ons

XII.

D'abord, chaque personne contempla pendant un temps encore plus court que la parole destinée à l'exprimer, le coup d'œil offert
par une longue table, blanche comme une
couche de neige fraîchement tombée, et sur
laquelle s'élevaient symétriquement les couverts couronnés de petits pains blonds. Les

cristaux répétaient les couleurs de l'iris dans
leurs reflets étoilés ; les bougies traçaient des
feux croisés à l'infini ; et, les mets placés sous
des dômes d'argent, aiguisaient l'appétit et la
curiosité. Les paroles furent assez rares. Les
voisins se regardèrent. Le vin de Madère cir-
cula.

Puis, le premier service apparut dans toute
sa gloire. Il aurait fait honneur à feu Camba-
cérès, et Brillat-Savarin l'eût célébré. Les
vins de Bordeaux, de Bourgogne, blancs,
rouges, furent servis avec une profusion
royale. Cette première partie du festin était
comparable, en tout point, à l'exposition
d'une tragédie classique.

Le second acte devint quelque peu bavard.
Chaque convive avait bu raisonnablement en
changeant de crûs suivant ses caprices, de
sorte qu'au moment où l'on emporta les restes
de ce magnifique service, de tempestueuses
discussions s'étaient établies. Quelques fronts

pâles rougissaient, plusieurs nez commen-
çaient à s'empourprer, les visages s'allumaient,
les yeux pétillaient. C'était l'aurore de l'ivresse.
Le discours ne sortait pas encore des bornes
de la civilité; mais les railleries, les bons
mots s'échappaient peu à peu de toutes les
bouches, et la calomnie élevait même tout
doucement sa petite tête et parlait d'une voix
flûtée. Çà et là, quelques sournois écoutaient
attentivement, espérant garder leur raison.

Le second service trouva donc les esprits
tout-à-fait échauffés. Chacun mangea en parlant, parla en mangeant, but sans prendre
garde à l'affluence des liquides, tant ils étaient
lampans et parfumés, tant l'exemple était
contagieux... L'amphitryon, se piquant d'a-
nimer ses convives, fit avancer les vins du
Rhône, de vieux Roussillons capiteux; et,
alors, déchaînés comme les chevaux d'une
malle-poste partant d'un relais, ces hommes
fouettés par les piquantes flèches du vin de

Champagne impatiemment attendu, mais abondamment versé, laissèrent galoper leur esprit dans le vide de ces raisonnemens que personne n'écoute, se mirent à raconter ces histoires qui n'ont pas d'auditeur, recommencèrent cent fois ces interpellations qui restent sans réponse... L'orgie seule déploya sa grande voix, sa voix composée de cent clameurs confuses, qui grossissent comme les crescendo de Rossini... Puis arrivèrent les toasts insidieux, les forfanteries, les défis. Tous renonçaient à se glorifier de leur capacité intellectuelle pour revendiquer celle des tonneaux, des foudres, des cuves. Il semblait que chacun eût deux voix...

Un moment vint où, les maîtres parlant tous à la fois, les valets sourirent.

Mais cette mêlée de paroles, où les paradoxes douteusement lumineux, les vérités grotesquement habillées se heurtèrent à travers les cris, les jugemens, les niaiseries, comme au milieu d'un combat se croisent les boulets, les balles et la mitraille, eût sans doute intéressé quelque philosophe par la singularité des pensées, ou surpris un politique par la bizarrerie des systèmes. C'était tout à la fois un livre et un tableau.

Les philosophies, les religions, les morales, si différentes d'une latitude à l'autre, les gouvernemens, enfin tous les grands actes de l'intelligence humaine, tombèrent sous une faulx aussi longue que celle du Temps; et, peut-être, eussiez-vous pu difficilement décider si elle était maniée par la Sagesse ivre, ou par l'Ivresse devenue sage et clairvoyante.

Ces esprits emportés par une espèce de tempête, semblaient vouloir, comme la mer irritée contre ses falaises, ébranler toutes les lois entre lesquelles flottent les civilisations, satisfaisant ainsi, sans le savoir, à la volonté de Dieu, qui laissa dans la nature le bien et le mal, sans cesse en présence, en gardant

pour lui le secret de leur lutte perpétuelle.
Furieuse et burlesque, la discussion fut en
quelque sorte un sabbat des intelligences.
Mais entre les tristes plaisanteries, dites par
ces enfans de la révolution, et les propos des
buveurs tenus à la naissance de Gargantua, il
y avait tout l'abîme qui sépare le dix - neuvième siècle du seizième. Celui-ci apprêtait
une destruction en riant, et le nôtre riait au
milieu des ruines...

— Comment appelez-vous le jeune homme
qui se trouve là bas ?... dit le notaire en montrant Raphaël. J'ai cru l'entendre nommer
Valentin ?...

— Que chantez-vous avec votre Valentin
tout court !... s'écria Émile en riant. Raphaël
de Valentin !... s'il vous plaît. Nous ne sommes
pas un enfant trouvé ; mais le descendant de
l'empereur *Valens*, souche des *Valentinois*,
fondateur des villes de Valence en Espagne et
en France, héritier légitime de l'empire d'O-

rient... Si nous laissons trôner Mahmoud à Constantinople, c'est par pure bonne volonté, faute d'argent ou de soldats...

Et il décrivit en l'air, avec sa fourchette, une couronne au-dessus de la tête de Raphaël.

Le notaire se recueillit pendant un moment; puis il se remit à boire en laissant échapper un geste authentique, par lequel il semblait avouer qu'il lui était impossible de rattacher à sa clientelle les villes de Valence, de Constantinople, Mahmoud, l'empereur *Valens* et la famille des Valentinois.

—La destruction de ces fourmillières nommées Babylone, Tyr, Carthage ou Venise, toujours écrasées sous les pieds d'un géant qui passe, n'est-elle pas un avertissement donné à l'homme par une puissance moqueuse?... dit un journaliste, espèce d'esclave acheté pour faire du Bossuet à dix sous la ligne.

—Moïse, Sylla, Louis XI, Richelieu, Robespierre et Napoléon sont peut-être un même homme qui reparaît à travers les civilisations comme les comètes dans le ciel!... répondit Raphaël.

— Pourquoi sonder la Providence? dit un fabricant de ballades.

— Allons, voilà la Providence!... s'écria le *jugeur* en l'interrompant. Je ne connais rien au monde de plus élastique.

— Mais, Monsieur, Louis XIV a fait périr plus d'hommes pour creuser les aquéducs de Maintenon que la Convention pour asseoir justement l'impôt, pour mettre de l'unité dans la loi, nationaliser la France et faire également partager les héritages!... disait un jeune homme devenu républicain faute d'une syllabe devant son nom.

— Monsieur, lui répondit un propriétaire, vous qui prenez le sang pour du vin, cette fois-ci, laisserez-vous à chacun sa tête sur ses épaules ?

— A quoi bon, Monsieur?... Les principes

de l'ordre social ne valent-ils donc pas quelque chose ?... Les hommes et les événemens ne
sont rien, il n'y a en politique et en philosophie, que des principes et des idées !...

— Quelle horreur !... Vous n'auriez nul
chagrin de tuer vos amis pour un *si*...

— Hé ! Monsieur, l'homme qui a des remords est le vrai scélérat, car il a quelque
idée de la vertu ; tandis que Pierre-le-Grand,
Pizarre, le duc d'Albe étaient des systèmes,
et le corsaire Monbar, une organisation...

— Mais la société ne peut-elle pas se priver
de vos systèmes et de vos organisations ?...

— Oh ! d'accord... s'écria le républicain...

— Eh ! votre stupide république me donne
des nausées !... Nous ne saurions découper
tranquillement un chapon sans y trouver la
loi agraire !...

— Tes principes sont excellens, mon petit
Brutus farci de truffes !... Mais tu ressembles
à mon valet de chambre ! Le drôle est si cruel-

lement possédé par la manie de la propreté,
que si je lui laissais brosser mes habits à sa
fantaisie, j'irais tout nu...

— Vous êtes des brutes!... Vous voulez
nettoyer une nation avec des curedents!... répliqua l'homme à la république. Selon vous
la justice serait plus dangereuse que les voleurs...

— Hé! hé!... dit un avoué.

— Sont-ils ennuyeux avec leur politique!
— Fermez la porte. — Il n'y a pas de sciences
ou de vertus qui vaillent une goutte de sang.
Si nous voulions faire la liquidation de la vérité nous la trouverions peut-être en faillite!...

— Ah! il en aurait sans doute moins coûté
de nous amuser dans le mal que de nous dis-
puter dans le bien... Aussi, je donnerais tous
les discours prononcés à la tribune depuis
quarante ans pour une truite, pour un conte
de Perrault ou une croquade de Charlet...

— Vous avez bien raison... — Passez-moi

les asperges... — Car après tout, la liberté enfante l'anarchie, l'anarchie conduit au despotisme et le despotisme ramène à la liberté. Des millions d'êtres ont péri sans avoir pu faire triompher l'une ou l'autre!... N'est-ce pas le cercle vicieux dans lequel tournera toujours le monde moral? Quand l'homme croit avoir perfectionné, il n'a fait que déplacer les choses!

— Oh! oh!... s'écria un vaudevilliste, alors, Messieurs, je porte un toast à — Charles X, père de la liberté!...

— Pourquoi pas?... dit un journaliste. Quand le despotisme est dans les lois, la liberté se trouve dans les mœurs et *vice versâ*... Buvons donc à l'imbécillité du pouvoir qui nous donne tant de pouvoir sur les imbéciles!...

— Hé! mon cher, au moins Napoléon nous a-t-il laissé de la gloire! criait un officier de marine qui n'était pas sorti de Brest.

— Ah ! la gloire !... Triste denrée ! Elle se
paie cher et ne se garde pas !... Ne serait-elle
point l'égoïsme des grands hommes, comme le
bonheur est celui des sots ?...

— Monsieur, vous êtes bien heureux !...

— Le premier qui inventa les fossés était
sans doute un homme faible, car la société ne
profite qu'aux gens chétifs... Placés aux deux
extrémités du monde moral, le sauvage et le
penseur ont également horreur de la *propriété.*

— Joli !... s'écria le notaire, s'il n'y avait
pas de propriétés, comment pourrions-nous
faire des actes ?...

— Voilà des petits pois délicieusement fantastiques !...

— ... Et le curé fut trouvé mort dans son lit,
le lendemain.

— Qui parle de mort ?... Ne badinez pas !
J'ai un oncle...

— Vous vous résigneriez sans doute à le
perdre.

— Ce n'est pas une question...

— Écoutez - moi !... Messieurs ! *Manière de tuer son oncle* : Chut !... (Écoutez ! Écoutez !) Ayez d'abord un oncle gros et gras, septua-génaire au moins, ce sont les meilleurs on-cles... Faites-lui manger, sous un prétexte quelconque, un pâté de foie gras...

— Hé ! mon oncle est un grand homme sec, avare et sobre...

— Ah ! ces oncles-là sont des monstres qui abusent de la vie...

— Et, dit l'homme aux oncles en conti-nuant, annoncez-lui pendant sa digestion, la faillite de son banquier...

— La voix de la Malibran a perdu deux notes !...

— Non, Monsieur...

— Si ! Monsieur.

— Oh ! oh ! — Oui et non. — N'est-ce pas l'histoire de toutes les dissertations religieuses, politiques et littéraires... L'homme est un bouffon qui danse sur un précipice !

— A vous entendre, je suis un sot...

— Au contraire, c'est parce que vous ne m'entendez pas !...

— L'instruction !... Belle niaiserie. M. Heineffettermach porte le nombre des volumes imprimés à plus d'un milliard, et la vie d'un homme ne permet pas d'en lire cent cinquante mille !... Alors, expliquez-moi ce que signifie le mot *instruction* ? Pour les uns, elle consiste à savoir le nom du cheval d'Alexandre, du dogue *Bérécillo*, de Tabourot, seigneur des Accords, et d'ignorer celui de l'homme auquel nous devons le flottage des bois, ou la porcelaine. Pour les autres, être instruit ?... c'est savoir brûler un testament et vivre en honnêtes gens, aimés, considérés, au lieu de voler une montre en récidive, avec les cinq circonstances aggravantes, et d'aller mourir en place de Grève...

— Lamartine restera !...

— Ah ! Scribe, Monsieur, a bien de l'esprit...

— Et Victor Hugo ?...

— C'est un grand homme !... n'en parlons plus !...

— Vous êtes ivres !...

— La conséquence immédiate d'une constitution est l'aplatissement des intelligences... Arts, sciences, monumens, tout est dévoré par un effroyable sentiment d'égoïsme, notre lèpre actuelle... Vos trois cents bourgeois, assis sur des banquettes, ne penseront qu'à planter des peupliers... Le despotisme fait illégalement de grandes choses, et la liberté ne se donne même pas la peine d'en faire légalement de très-petites !...

—Votre enseignement mutuel fabrique des pièces de cent sous en chair humaine ! dit un absolutiste en interrompant. Les individualités disparaissent chez un peuple nivelé par l'instruction!...

— Cependant le but de la société n'est-il pas de procurer à chacun le bien-être?... demanda le saint-simonien.

— Si vous aviez cinquante mille livres de rente, vous ne penseriez guère au peuple!... Êtes-vous épris de belle passion pour l'humanité?... Allez à Madagascar, vous y trouverez un joli petit peuple tout neuf, à saint-simoniser!... Ah! ah!

— Vous êtes un carliste!

— Pourquoi pas?... J'aime le despotisme, il annonce un certain mépris pour la race humaine. Je ne hais pas les rois... Ils sont si amusans!... Trôner dans une chambre, à trente millions de lieues du soleil!... N'est-ce donc rien?...

— Mais résumons cette large vue de la civilisation!... disait le savant qui, pour l'instruction du sculpteur inattentif, avait entre-

pris une disscusion sur le commencement des
sociétés et sur les peuples autochtones. A l'o-
rigine des nations la force fut en quelque sorte
matérielle, une, grossière... Puis, avec l'ac-
croissement des aggrégations, les gouvernemens ont procédé par des décompositions
plus ou moins habiles du pouvoir primitif.
Ainsi, dans la haute antiquité, la force était
dans la théocratie. Le prêtre tenait le glaive
et l'encensoir. Plus tard, il y eut deux sacer-
doces : le pontife et le roi. Aujourd'hui, notre
société, dernier terme de la civilisation, a dis-
tribué la puissance suivant le nombre des
combinaisons ; et nous sommes arrivés aux
forces nommées : industrie, pensée, argent,
parole... Alors le pouvoir n'ayant plus d'unité
marche sans cesse vers une dissolution sociale qui n'a plus d'autre barrière que l'intérêt. Aussi, nous ne nous appuyons ni sur la
religion, ni sur la force matérielle, mais sur
l'intelligence... Le livre vaut-il le glaive, la

discussion vaut-elle l'action?... Voilà le problème...

— L'intelligence a tout tué!... s'écria le carliste. Allez! la liberté absolue mène les nations au suicide. — Elles s'ennuient dans le triomphe, comme un Anglais millionnaire.

— Que nous direz-vous de neuf?... Aujourd'hui vous avez ridiculisé tous les pouvoirs, et c'est même chose vulgaire que de nier Dieu! Vous n'avez plus de croyance. Aussi le siècle est-il comme un vieux sultan perdu de débauche! Enfin, votre lord Byron, en dernier désespoir de poésie, a chanté les passions du crime!...

— Savez-vous, lui répondit un médecin complètement ivre, qu'à peine y a-t-il une membrane de différence entre un homme de génie et un grand criminel?...

— Peut-on traiter ainsi la vertu! s'écria le vaudevilliste. La vertu, sujet de toutes les pièces de théâtre, dénouement de tous les drames, base de tous les tribunaux!...

— Hé! tais-toi donc, animal!... Ta vertu, c'est Achille sans talon!...

— A boire!...

— Veux-tu parier que je bois une bouteille de vin de Champagne d'un seul trait?

— Quel trait d'esprit!... s'écria le caricaturiste.

— Ils sont gris comme des charretiers! dit un jeune homme qui donnait sérieusement à boire à son gilet.

— Oui, Monsieur, le gouvernement actuel est l'art de faire régner l'opinion publique....

— L'opinion, mais c'est la plus vicieuse de toutes les prostituées..... A vous entendre, hommes de morale et de politique, il faudrait sans cesse préférer vos lois à la nature, l'opinion à la conscience... Allez, tout est vrai, tout est faux! Si la société nous a donné le duvet des oreillers, elle a certes compensé le bienfait par la goutte, comme elle a mis la procédure pour tempérer la justice, et les rhumes à la suite des cachemires...

— Monstre! dit Émile en interrompant le misantrope, comment peux-tu médire de la civilisation en présence de tant de vins, de mets, et à table jusqu'au menton!... Mords ce chevreuil aux pieds et aux cornes dorées; mais ne mords pas ta mère!...

— Est-ce ma faute, à moi, si le catholicisme arrive à mettre un million de dieux dans un sac de farine; si la république aboutit toujours à quelque Robespierre; si la royauté se trouve entre l'assassinat de Henri IV et le jugement de Louis XVI... et si le libéralisme devient Lafayette?...

— L'avez-vous embrassé en juillet?

— Non.

— Alors taisez-vous, sceptique!...

— Les sceptiques sont les hommes les plus consciencieux.

—Ils n'ont pas de conscience.

— Que dites-vous ?... ils en ont au moins deux !...

—Escompter le ciel !... Monsieur, voilà une idée vraiment commerciale. Les religions antiques n'étaient qu'un heureux développement du plaisir physique ; mais nous autres nous avons développé l'âme et l'espérance. Il y a eu progrès...

— Hé, mes bons amis, que pouvez-vous attendre d'un siècle repu de politique ? Quel a été le sort de Smarra !... La plus ravissante conception...

—Smarra !... cria le *jugeur* d'un bout de la table à l'autre. — Ce sont des phrases tirées au hasard dans un chapeau !... Véritable ouvrage écrit pour Charenton !...

— Vous êtes un sot !...

— Vous êtes un drôle...

— Oh ! oh !...

— Ah ! ah !...

— A demain... monsieur !...

— A l'instant !... répondit le poëte...

— Allons !... allons ! vous êtes deux braves...

— Ils ne peuvent seulement pas se mettre debout !...

— Ah ! je ne me tiens pas droit peut-être? reprit le belliqueux auteur en se dressant comme un cerf-volant indécis...

Il jeta sur la table un regard hébété. Puis, comme exténué par cet effort, il retomba sur sa chaise, pencha la tête et resta muet.

— Ne serait-il pas plaisant !... dit le *jugeur* à son voisin, de me battre pour un ouvrage que je n'ai jamais vu, ni lu ?...

— Eugène, prends garde à ton habit ! Ton voisin pâlit...

— Kant !... Encore un ballon lancé pour amuser les niais ! Le matérialisme et le spiritualisme sont deux jolies raquettes avec lesquelles des charlatans en robe font aller le même volant. Que Dieu soit en tout, selon

Spinosa, ou que tout vienne de Dieu, selon
saint Paul... Imbécilles!... Ouvrir ou fermer
une porte... N'est-ce pas le même mouvement? L'œuf vient-il de la poule ou la poule
de l'œuf?... — Passez-moi du canard! — Voilà
toute la science!...

— Nigaud!... lui cria le savant, la question
que tu poses est tranchée par un fait.

— Et lequel?...

— Les chaires de professeurs n'ont pas été
faites pour la philosophie, mais bien la philosophie pour les chaires?... Mets des lunettes
et lis le budget...

— Voleurs!...

— Imbécilles!...

— Fripons!...

— Dupes!...

— Où trouverez-vous ailleurs qu'à Paris
un échange aussi vif, aussi rapide entre les
pensées?... s'écria le plus spirituel des artistes
en prenant une voix de basse-taille.

— Allons, Henri !... quelque farce classique !... Voyons, une charge !...

— Voulez-vous que je vous fasse le dix-
neuvième siècle ?...

— Écoutez !...

— Silence !...

— Mettez des sourdines à vos muffles !...

— Te tairas-tu, chinois !...

— Donnez-lui du vin ; et qu'il se taise, cet
enfant !

— A toi, Henri !...

L'artiste boutonna son habit noir jusqu'au
col, mit ses gants jaunes, et se grima de manière à   singer *le Globe ;* mais, le bruit cou-
vrant sa voix, il fut impossible de saisir un
seul mot de sa spirituelle moquerie ; et alors,
s'il ne représenta pas le siècle, au moins repré-
senta-t-il le journal..... car il ne s'entendit pas
lui-même.

Le dessert se trouva servi comme par en-
chantement. La table fut couverte d'un vaste

surtout en bronze doré sorti des ateliers de
Thomire. De hautes figures, douées par un
célèbre artiste des formes convenues pour la
beauté idéale en Europe, soutenaient et por-
'taient des buissons de fraises, des ananas,
dattes des fraîches, des raisins jaunes, de blondes pêches, des oranges arrivées de Sétubal
par un paquebot, des grenades, des fruits de
la Chine, enfin toutes les surprises du luxe,
les miracles du petit four, les délicatesses les
plus friandes, les friandises les plus séduc-
trices. Les couleurs de ces tableaux gastrono-
miques étaient rehaussées par l'éclat de la porcelaine, par des lignes étincelantes d'or, par
les découpures des vases. Gracieuse comme
les liquides franges de l'océan, verte et légère,
la mousse couronnait les paysages du Poussin,
copiés à Sèvres... Le budget d'un prince al-
lemand n'aurait pas payé cette richesse inso-
lente.

L'argent, la nacre, l'or, les cristaux furent

de nouveau prodigués sous de nouvelles formes ; mais les yeux engourdis et la verbeuse fièvre de l'ivresse permirent à peine aux convives d'avoir une intuition vague de cette féerie digne d'un conte oriental.

Les vins de dessert apportèrent leurs parfums et leurs flammes, philtres puissans, vapeurs enchanteresses, qui engendrent une espèce de mirage intellectuel, et dont les liens puissans enchaînent les pieds, alourdissent les mains...

Les pyramides de fruits furent pillées, les voix grossirent, le tumulte grandit. Alors il n'y eut plus de paroles distinctes. Les verres volèrent en éclats, et des rires atroces partirent comme des fusées.

Un vaudevilliste saisit un cor et se mit à sonner une fanfare. Ce fut comme un signal donné par le diable. Cette assemblée en délire hurla, siffla, chanta, cria, rugit, gronda.

Vous eussiez souri de voir les gens naturellement gais, devenus sombres comme les dénouemens de Crébillon, ou rêveurs comme des marins en voiture. Les hommes fins disaient leurs secrets à des curieux, qui n'écoutaient pas. Les mélancoliques souriaient comme des danseuses qui achèvent leurs pirouettes. Un journaliste se dandinait à la manière des ours en cage... Des amis intimes se battaient. Les ressemblances animales inscrites sur les figures humaines et si curieusement démontrées par les physiologistes, reparaissaient vaguement dans les gestes, dans les habitudes du corps... Il y avait un livre tout fait pour quelque Bichat qui se serait trouvé là, froid et à jeun.

Le maître du logis se sentant ivre et n'osant se lever, approuvait les extravagances de ses convives par une grimace fixe, et tâchait de conserver un air décent et hospitalier. Sa large figure, devenue rouge et bleue,

presque violacée, terrible à voir, s'associait
au mouvement général par des efforts semblables au roulis et au tangage d'un brick.

— Les avez-vous assassinés ?... lui demanda
Émile.

— La confiscation et la peine de mort sont
abolies... répondit le banquier.

Puis il se mit à rire en haussant les sourcils
d'un air tout à la fois plein de finesse et de
bêtise.

— Mais ne les voyez-vous pas quelquefois
en songe ?... reprit Raphaël.

— Il y a prescription !... dit le meurtrier
plein d'or.

— Et sur sa tombe !... s'écria Émile d'un ton
sardonique, l'entrepreneur du cimetière gra-
vera :

Passans, accordez une larme à sa mémoire !...

— Oh! reprit-il, je donnerais bien cent

sous au mathématicien qui me démontrerait par une équation algébrique l'existence de l'enfer !...

Il jeta une pièce en l'air.

— Face pour Dieu !...

— Ne regarde pas !... cria Raphaël en saisissant la pièce. Que sait-on ? le hasard est si plaisant !

— Hélas !... reprit Émile d'un air tristement bouffon, je ne vois pas où poser les pieds entre la géométrie de l'incrédule et le *pater noster* du pape. — Buvons !... *Trinc !* est, je crois, l'oracle de la dive bouteille et sert de conclusion au Pantagruel !...

— Nous devons au *pater noster*, répondit Raphaël, nos arts, nos monumens, nos sciences peut-être ; et, bienfait plus grand encore, nos gouvernemens modernes, dans lesquels une société vaste et féconde est merveilleusement représentée par cinq cents intelligences, où les forces opposées les unes aux autres, se neutralisent, en laissant tout pouvoir à la CI-VILISATION, reine gigantesque qui remplace le ROI... cette ancienne et terrible figure, espèce de faux destin créé par l'homme entre le ciel et lui.... En présence de tant d'œuvres accomplies, l'athéisme apparaît comme un squelette qui n'engendre pas!... Qu'en dis-tu?...

— Je songe aux flots de sang répandus par le catholicisme!... dit froidement Émile. Il a pris nos veines et nos cœurs pour faire une contrefaçon du déluge. — Mais n'importe!... Tout homme qui pense doit marcher sous la bannière de Christ!... Lui seul a consacré le triomphe de l'esprit sur la matière ; lui seul nous a poétiquement révélé le monde intermédiaire qui nous sépare de Dieu!...

— Bah! reprit-il, en jetant à Raphaël un indéfinissable sourire d'ivresse, pour ne pas nous compromettre, portons le fameux toast :

— *Diis ignotis!...*

Et ils vidèrent leurs calices de science, de gaz carbonique, de parfums, de poésie et d'incrédulité.

XIII.

— Si ces Messieurs veulent passer dans le salon, le café les y attend !...

Et les portes s'ouvrirent.

En ce moment, presque tous les convives se roulaient au sein de ces limbes délicieuses, où les lumières de l'esprit s'éteignent, où le corps, délivré de son tyran, s'abandonne aux joies délirantes de la liberté.

Les uns, arrivés à l'apogée de l'ivresse,
restaient mornes et péniblement occupés à
saisir une pensée qui leur attestât leur propre existence; les autres, plongés dans le
marasme produit par une digestion alourdis-
sante, niaient le mouvement; d'intrépides
orateurs disaient encore de vagues paroles
dont ils ne comprenaient pas, eux-mêmes,
le sens; puis, quelques refrains retentis-
saient comme le bruit d'une mécanique obligée d'accomplir sa vie factice et sans âme. Le
silence et le tumulte s'étaient bizarrement
accouplés.

Néanmoins, en entendant la voix sonore
du valet qui, à défaut d'un maître, leur annonçait des joies nouvelles, ils se levèrent en-
traînés, soutenus ou portés, les uns par les
autres.

Mais la troupe entière resta, pendant un
moment, immobile et charmée, sur le seuil de
la porte. Les jouissances excessives du festin

pâlirent devant le chatouillant spectacle que l'amphitryon offrait au plus voluptueux de leurs sens.

Sous les étincelantes bougies d'un lustre d'or, autour d'une table chargée de vermeil, un groupe de femmes se présenta soudain aux convives hébétés, dont les yeux s'allumèrent comme autant de diamans.

Riches étaient les parures, mais plus riches encore étaient ces beautés éblouissantes devant lesquelles disparaissaient toutes les merveilles de ce palais. Les yeux passionnés de ces créatures, prestigieuses comme des fées, avaient encore plus de vivacité que les torrens de lumière qui faisaient resplendir les reflets satinés des tentures, la blancheur des marbres, les saillies délicates des bronzes et la grâce des draperies. Le cœur brûlait, à voir les contrastes de leurs coiffures agitées et de leurs attitudes, toutes diverses d'attraits et de caractère. C'était une haie de fleurs mê-

lées de rubis, de saphirs et de corail; une
ceinture de colliers noirs, sur des cous de
neige ; des écharpes légères flottant comme
les flammes d'un phare ; des turbans orgueil-
leux ; des tuniques modestement provoquan-
tes. Ce sérail offrait des séductions pour tous
les yeux, des voluptés pour tous les caprices.

Posée à ravir, une danseuse semblait être
sans voile sous les plis onduleux du cachemire. Là, une gaze diaphane, ici, la soie cha-
toyante cachaient ou révélaient des perfections
mystérieuses. De petits pieds étroits parlaient
d'amour, des bouches fraîches et rouges se
taisaient. Il y avait de jeunes filles frêles et
décentes, vierges d'hier, dont les jolies che-
velures respiraient une religieuse innocence.
Puis, des beautés aristocratiques au regard
fier, mais indolentes, mais fluettes, maigres,
gracieuses, penchaient la tête comme si elles
avaient encore de royales protections à faire
acheter.

Une Anglaise, blanche et chaste, figure aérienne, descendue des nuages d'Ossian, ressemblait à un ange de mélancolie, à un remords fuyant le crime.

La Parisienne, dont toute la beauté gît dans une grâce indescriptible, vaine de sa toilette et de son esprit, armée de sa toute-puissante faiblesse, souple et dure, syrène sans cœur et sans passion, mais qui sait artificieusement créer les trésors de la passion et contrefaire les accens du cœur, ne manquait pas à cette périlleuse assemblée où brillaient encore des Italiennes tranquilles en apparence et consciencieuses dans leur félicité; de riches Normandes, aux formes magnifiques; des femmes méridionales, aux cheveux noirs, aux yeux bien fendus.

Vous eussiez dit les beautés de Versailles convoquées par Lebel, ayant, dès le matin, dressé tous leurs piéges, arrivant, comme une troupe d'esclaves orientales, réveillées

par la voix du marchand, pour partir à l'aurore.

Elles restaient interdites, honteuses, et
s'empressaient autour de la table comme des
abeilles bourdonnant à l'entrée d'une ruche.
Cet embarras craintif, reproche et coquetterie tout ensemble, accusait et séduisait. C'é-
tait pudeur involontaire. Un sentiment que la
femme ne dépouille jamais complètement leur
ordonnait de s'envelopper dans le manteau
de la vertu pour donner plus de charme et de
piquant aux prodigalités du vice.

Aussi, la conspiration ourdie par le maître
du logis échoua-t-elle. Ces hommes sans frein
furent subjugués tout d'abord par la puissance majestueuse dont la femme est investie.
Un murmure d'admiration résonna comme la
plus douce musique. L'amour n'ayant pas
voyagé de compagnie avec l'ivresse, au lieu
d'un ouragan de passions, les convives, sur-

pris dans un moment de faiblesse, s'abandon-
nèrent aux délices d'une douce extase.

Obéissant à la poésie qui les domine toujours, les artistes étudièrent avec bonheur
les nuances délicates qui distinguaient ces
beautés choisies.

Réveillé par une pensée, due peut-être à
quelque émanation d'acide carbonique qui se
dégageait du vin de Champagne, un philosophe frissonnait en songeant aux malheurs qui
amenaient là ces femmes peut-être dignes jadis
des plus purs hommages... Chacune d'elles
avait, sans doute, un drame sanglant à raconter ; presque toutes apportaient d'infernales tortures, et traînaient après elles des
hommes sans foi, des promesses trahies, des
joies rançonnées par la misère.

Les convives s'approchèrent d'elles avec
politesse, et des conversations aussi diverses
que les caractères s'établirent. Des groupes
se formèrent. Bientôt, vous eussiez dit d'un

salon où les jeunes filles et les femmes vont
offrant aux convives, après le dîner, les secours que le café, les liqueurs et le sucre prê-
tent aux gourmands embarrassés dans les travaux d'une digestion récalcitrante. Puis quelques rires éclatèrent... Le murmure aug-
menta. Les voix s'élevèrent. L'orgie, domptée
pendant un moment, menaçait par intervalles
de se réveiller. Ces alternatives de silence et
de bruit avaient une vague ressemblance avec
une harmonie de Beethoven.

Assis sur un moelleux divan, les deux amis
virent d'abord arriver près d'eux une grande
fille bien proportionnée, superbe en son maintien, de physionomie assez irrégulière, mais
perçante, mais impétueuse, et qui saisissait
l'âme par de vigoureux contrastes. Sa chevelure noire, artistement mise en désordre,
semblait avoir déjà subi les combats de l'a-
mour et retombait en grosses boucles sur ses
belles épaules, qui offraient des perspectives

attrayantes à voir. De longs rouleaux bruns
enveloppaient à demi un cou majestueux, sur
lequel la lumière glissait par intervalles, en
révélant la finesse des plus jolis contours. Sa
peau, d'un blanc mat, faisait ressortir les tons
chauds et animés de ses vives couleurs. L'œil
armé de longs cils lançait des flammes har-
dies, étincelles d'amour. La bouche rouge,
humide, entr'ouverte, appelait le baiser. Elle
avait une taille forte, mais lascive. Son sein,
ses bras étaient largement développés, comme
ceux des belles figures du Carrache; néanmoins elle paraissait leste, souple, et sa vigueur supposait l'agilité d'une panthère,
comme la mâle élégance de ses formes en
promettait les voluptés dévorantes.

Quoiqu'elle dût savoir rire et folâtrer, ses
yeux effrayaient la pensée. Semblable à ces
prophétesses agitées par un démon, elle éton-
nait plutôt qu'elle ne plaisait. Toutes les expressions passaient par masses et comme des

éclairs sur sa figure mobile. Peut-être eût-elle ravi des gens blasés ; un jeune homme l'eût redoutée. C'était une statue colossale, tombée du haut de quelque temple grec, sublime à distance ; vue de près, grossière ; mais sa foudroyante beauté devait réveiller les impuissans, sa voix charmer les sourds, ses regards ranimer de vieux ossemens.

Émile la comparait vaguement à une tragédie de Shakespeare, espèce d'arabesque admirable, où la passion éclate, où la joie hurle, où l'amour a je ne sais quoi de sauvage, où la magie de la grâce et du bonheur succède aux sanglans tumultes de la colère ; monstre qui sait mordre et caresser, rire comme un démon, pleurer comme les anges, improviser dans une seule étreinte toutes les séductions de la femme, excepté les soupirs de la mélancolie et les enchanteresses modesties d'une vierge ; puis, en un moment, rugir, se déchirer les flancs, briser sa passion, son amant; enfin se détruire elle-même comme fait un peuple insurgé.

Vêtue d'une robe en velours rouge, elle foulait d'un pied insouciant quelques fleurs déjà tombées de la tête de ses compagnes, et, d'une main dédaigneuse, elle tendait aux deux amis un plateau d'argent. Fière de sa beauté, fière de ses vices peut-être, elle montrait un bras blanc qui se détachait vivement sur le velours. Elle était là comme la reine du plaisir, comme une image de la joie humaine, de cette joie qui dissipe les trésors amassés par trois générations, qui rit sur les cadavres, se moque des aïeux, dissout des perles et des trônes, transforme les jeunes gens en vieillards, et souvent les vieillards en jeunes gens; de cette joie, permise seulement aux géans fatigués du pouvoir, éprouvés par la pensée, ou pour lesquels la guerre est devenue comme un jouet.

— Comment te nommes-tu?... lui dit Raphaël.

— Aquilina!

— Oh! oh! tu viens de *Venise sauvée!...* s'écria Émile.

— Oui! répondit-elle. De même que les papes se donnent de nouveaux noms, en montant au-dessus des hommes, j'en ai pris un autre en m'élevant au-dessus de toutes les femmes.

— As-tu donc, comme ta patronne, un noble et terrible conspirateur qui t'aime et sache mourir pour toi?... dit vivement Émile réveillé par cette apparence de poésie.

— Je l'ai eu!... répondit-elle; mais la guillotine était ma rivale. Aussi, je mets toujours quelques chiffons rouges dans ma parure, pour que ma joie n'aille jamais trop loin...

— Oh! si vous lui laissez raconter l'histoire des quatre jeunes gens de La Rochelle, elle n'en finira pas!... Tais-toi donc, Aquilina!...

Les femmes n'ont-elles pas toutes un amant à pleurer ? mais toutes n'ont pas , comme toi , le bonheur de l'avoir perdu sur un échafaud !... Ah ! j'aimerais bien mieux savoir le mien couché dans une fosse à Clamart que près d'une rivale...

Ces phrases si cruellement logiques furent prononcées d'une voix douce et mélodieuse, par la plus innocente , la plus jolie et la plus gentille petite créature qui , suivant l'expression d'Horace Walpole , fût jamais sortie d'un œuf enchanté...

Elle était venue à pas muets, et montrait une figure délicate, une taille grêle , des yeux bleus ravissans de modestie , des tempes fraîches et pures. Une naïade ingénue , s'échappant de sa source , n'est pas plus timide , plus blanche , ni plus naïve...

Elle paraissait avoir seize ans , ignorer le mal , ignorer l'amour , ne pas connaître les orages de la vie , et venir d'une église où elle

aurait prié les anges d'obtenir avant le temps
son rappel dans les cieux...

A Paris seulement, se rencontrent ces créatures au visage candide, qui cachent sous un
front aussi doux, aussi tendre que la fleur
d'une marguerite, la dépravation la plus profonde, les vices les plus raffinés...

Trompés d'abord par les célestes promesses
écrites dans les suaves attraits de cette jeune
fille, Émile et Raphaël, acceptant le café
qu'elle leur versa dans les tasses présentées
par Aquilina, se mirent à la questionner.

Alors elle acheva de transfigurer aux yeux
des deux poëtes, par une sinistre allégorie, je
ne sais quelle face de la vie humaine, en opposant, à l'expression rude et passionnée de
son imposante compagne, le portrait de cette
corruption froide, voluptueusement cruelle,
assez étourdie pour commettre un crime, assez forte pour en rire; espèce de démon sans
cœur, qui punit les âmes riches et tendres de

ressentir les émotions dont il est privé, qui trouve toujours une grimace d'amour à vendre, des larmes pour le convoi de sa victime, et de la joie, le soir, pour en lire le testament...

Un poëte eût admiré la belle Aquilina, le monde entier devait fuir la touchante Euphrasie. L'une était l'âme du vice, l'autre le vice sans âme.

— Je voudrais bien savoir, dit Émile à cette jolie créature, si parfois tu songes à l'avenir...

—L'avenir!... répondit-elle en riant. Qu'appelez-vous l'avenir?... Pourquoi penserais-je à ce qui n'existe pas encore? Je ne regarde jamais ni en arrière ni en avant de moi! N'est-ce pas déjà trop que de m'occuper d'une journée à la fois? D'ailleurs l'avenir, nous le connaissons!... C'est l'hôpital!...

— Comment peux-tu voir d'ici l'hôpital et ne pas éviter d'y aller?... s'écria Raphaël.

—Qu'a donc l'hôpital de si effrayant?... demanda la terrible Aquilina. Quand nous ne
sommes ni mères ni épouses; quand la vieillesse nous met des bas noirs aux jambes et
des rides au front, flétrit tout ce qu'il y a de
femme en nous, et sèche la joie dans les regards de nos amis, de quoi pouvons-nous
manquer?... Alors, vous ne voyez plus en
nous, de notre nature, que sa fange primitive... elle marche sur deux pattes, froide,
sèche, décomposée; et va, produisant un
bruissement de feuilles mortes... Les plus jolis chiffons nous deviennent des haillons...
L'ambre qui réjouissait le boudoir prend une
odeur de mort et sent le squelette; puis, s'il
se trouve un cœur dans cette boue, vous y
insultez tous... Vous ne nous permettez même
pas un souvenir!... Alors, que nous soyons
dans un riche hôtel à soigner des chiens, ou
dans un hôpital à trier des guenilles, notre
existence n'est-elle pas exactement la même?...

Cacher nos cheveux blancs sous un mouchoir à carreaux rouges et bleus, ou sous des dentelles... n'est-ce pas toute la différence ? Au lieu d'être assises à des foyers dorés nous nous chauffons à des cendres, dans un pot de terre rouge; et, au lieu d'aller à l'Opéra, nous allons à la Grève...

— *Aquilina mia!...* Jamais tu n'as eu tant de raison au milieu de tes désespoirs! reprit Euphrasie. Oui, les cachemires, les vélins, les parfums, l'or, la soie, le luxe, tout ce qui brille, tout ce qui plaît, ne va bien qu'à la jeunesse. Le temps seul pourrait avoir raison contre nos folies!... mais le bonheur nous absout!

— Vous riez de ce que je dis?... s'écria-t-elle en lançant un sourire venimeux aux deux amis.

— N'ai-je pas raison?... j'aime mieux mourir de plaisir que de maladie... Je n'ai ni la manie de la perpétuité, ni grand respect pour l'es-

pèce humaine, à voir ce que Dieu en fait...
Aussi, donnez-moi des millions, je les mangerai.... Je ne voudrais pas garder un centime
pour l'année prochaine..... Vivre pour plaire
et régner, tel est l'arrêt que prononce chaque
battement de mon cœur !..... La nature m'approuve.... Ne fournit-elle pas sans cesse à mes
dissipations ? Pourquoi le bon Dieu me fait-il
tous les matins la rente de ce que je dépense
tous les soirs ?... Et comme il ne nous a pas
mis entre le bien et le mal pour choisir ce qui
nous blesse ou nous ennuie... Allez donc ! je
serais bien sotte de ne pas m'amuser !

— Et les autres ?... dit Émile.

— Les autres ? eh ! bien... qu'ils s'arrangent !... J'aime mieux rire de leurs souffrances
que d'avoir à pleurer sur les miennes... Je
défie un homme de me causer la moindre
peine.

— Qu'as-tu donc souffert pour penser
ainsi ?... demanda Raphaël.

— J'ai été quittée pour un héritage!...
Moi!... dit-elle, en prenant une pose qui fit
ressortir toutes ses séductions. Et cependant
j'avais passé les nuits et les jours à travailler
pour nourrir mon amant... Ah! je ne veux
plus être la dupe d'aucun sourire, d'aucune
promesse.... et je prétends faire de mon
existence une longue partie de plaisir...

— Mais, s'écria Raphaël, le bonheur ne
vient-il donc pas de l'âme?...

— Eh bien!... reprit Aquilina, n'est-ce rien
que de se voir admirée, flattée, de triompher
de toutes les femmes, même des plus vertueuses en les écrasant par notre beauté, par
notre richesse?... D'ailleurs, nous vivons plus
en un jour qu'une bonne bourgeoise en dix
ans, et alors — tout est jugé...

— Une femme sans vertu n'est-elle pas
odieuse?... dit Émile à Raphaël.

Euphrasie, leur lançant un regard de vi-

père, répondit avec un inimitable accent
d'ironie :

— La vertu !... Nous la laissons aux laides
et aux bossues... Que seraient-elles sans cela,
les pauvres femmes ?...

— Allons, tais-toi!... s'écria Émile, ne parle
point de ce que tu ne connais pas !...

— Ah ! je ne la connais pas !..... reprit Euphrasie. Se donner pendant toute sa vie à un
être détesté, savoir élever des enfans qui vous
abandonnent, et leur dire : — Merci ! quand
ils vous frappent au cœur... Voilà les vertus
que vous ordonnez à la femme !... Encore, pour
la récompenser de son abnégation, venez-vous
lui imposer des souffrances en cherchant à la
séduire.... Si elle résiste, vous la compromet-
tez.... Jolie vie.... Autant rester libre, aimer
ceux qui nous plaisent, et mourir jeunes...

— Ne crains-tu pas de payer tout cela un
jour?

— Eh bien !... répondit-elle, au lieu d'entremêler mes plaisirs de chagrins, ma vie sera coupée en deux parts... Une jeunesse certainement joyeuse, et je ne sais quelle vieillesse incertaine pendant laquelle je souffrirai tout à mon aise...

— Elle n'a pas aimé!... dit Aquilina d'un son de voix profond. Elle n'a jamais fait cent lieues pour aller dévorer, avec mille délices, un regard et un refus... Elle n'a point attaché sa vie à un cheveu, ni essayé de poignarder des hommes pour sauver son souverain, son seigneur, son Dieu. Pour elle, l'amour était un joli colonel...

— Hé! hé! *La Rochelle!*... répondit Euphrasie... L'amour est comme le vent : nous ne savons pas d'où il vient. D'ailleurs, si tu avais été bien aimée par une bête, tu prendrais les gens d'esprit en horreur...

— Le Code nous défend d'aimer les bêtes!... répliqua la grande Aquilina d'un accent ironique.

— Je te croyais plus indulgente pour les
militaires !... s'écria Euphrasie en riant.

— Sont-elles heureuses, de pouvoir abdiquer leur raison !... s'écria Raphaël.

— Heureuses !... dit Aquilina, souriant de
pitié, de terreur, et jetant aux deux amis un
horrible regard. Ah ! vous ne savez pas ce que
c'est que d'être condamné au plaisir avec un
mort dans le cœur !...

En ce moment, des cris étranges s'élevaient
de toutes parts. Contempler les salons, c'était
avoir une vue anticipée du Pandémonium de
Milton. Il y avait des danses folles, animées
par une sauvage énergie. Les flammes bleues
du punch coloraient les visages d'une teinte
infernale. Les rires éclataient comme les dé-
tonations d'un feu d'artifice. Les champs de
bataille, jonchés de morts et de mourans,
avaient aussi leur image. L'atmosphère était
chaude. L'ivresse ayant jeté sur tous les regards de légers voiles, chacun croyait voir un

nuage rougeâtre et des vapeurs enivrantes en
l'air. Il s'était élevé, comme dans les bandes
lumineuses tracées par un rayon du soleil,
une poussière brillante, à travers laquelle se
jouaient les formes les plus capricieuses, les
luttes les plus grotesques. Il y avait, çà et là,
des groupes de figures enlacées qui se confon-
daient avec les marbres blancs, nobles chefs-
d'œuvre de la sculpture dont les appartemens
étaient ornés.

Quoique les deux amis conservassent encore une sorte de lucidité trompeuse dans les
idées, et, dans leurs organes, un dernier fré-
missement, simulacre imparfait de la vie, il
leur était impossible de reconnaître ce qu'il
y avait de réel dans les fantaisies bizarres, de
possible dans les tableaux surnaturels qui
passaient incessamment devant leurs yeux
lassés. Le ciel étouffant de nos rêves; l'ar-
dente suavité que contractent les figures;
surtout je ne sais quelle agilité chargée de

chaînes; enfin, les phénomènes les plus inac-
coutumés du sommeil les assaillaient si vivement qu'ils prirent les jeux de cette débauche
pour les caprices d'un cauchemar. Il y avait
du mouvement sans bruit, des cris perdus
pour l'oreille; puis, l'ivresse, l'amour, le délire, l'oubli du monde étaient dans les cœurs,
sur les visages, dans l'air, écrits sur les tapis,
exprimés par le désordre...

Alors le valet de chambre de confiance,
ayant réussi, non sans peine, à faire venir
son maître dans l'antichambre, lui dit à l'o-
reille :

— Monsieur, tous les voisins sont aux fenêtres et se plaignent du tapage...

— S'ils ont peur du bruit, ne peuvent-ils
pas faire mettre de la paille devant leurs portes !... s'écria l'amphitryon.

XIV.

Raphaël laissa échapper un éclat de rire si burlesquement intempestif que son ami lui demanda compte d'une joie aussi brutale.

— Tu me comprendrais difficilement!... répondit-il. D'abord, il faudrait t'avouer que vous m'avez arrêté sur le quai Voltaire au moment où j'allais me jeter dans la Seine; et

tu voudrais, sans doute, connaître les motifs
de ma mort... Mais quand j'ajouterais que, par
un hasard presque fabuleux, les ruines les
plus poétiques du monde matériel venaient
alors de se résumer à mes yeux par une traduction symbolique de la sagesse humaine;
tandis qu'en ce moment les débris de tous les
trésors intellectuels dont nous avons fait à
table un si cruel pillage, aboutissent à ces
deux femmes, images vives et originales de la
folie, et que notre profonde insouciance des
hommes et des choses a servi de transition aux
tableaux fortement colorés de deux systèmes
d'existence si diamétralement opposés, en
seras-tu plus instruit?... Si tu n'étais pas ivre,
tu y verrais peut-être un traité de philosophie...

— Si tu n'avais pas les deux pieds sur cette
ravissante Aquilina, dont les ronflemens ont
je ne sais quelle analogie avec le rugissement
d'un orage près d'éclater, reprit Émile, qui,

lui-même, s'amusait à rouler et à dérouler les cheveux d'Euphrasie sans trop avoir la conscience de cette innocente occupation ; tu rougirais de ton ivresse et de ton bavardage. Tes deux systèmes peuvent entrer dans une seule phrase, et se réduisent à une pensée.

La vie simple et mécanique conduit à quelque sagesse insensée, en étouffant notre intelligence par le travail ; et la vie passée dans le vide des abstractions, ou dans les abîmes du monde moral, mène à quelque folle sagesse.

En un mot, tuer les sentimens pour vivre vieux, ou mourir jeune en acceptant le martyre des passions, voilà notre arrêt. Encore, cette sentence lutte-t-elle avec les tempéramens que nous a donnés le rude goguenard, auquel nous devons le patron de toutes les créatures.

— Imbécille !... s'écria Raphaël en l'interrompant. Continue à te résumer ainsi, tu feras

des volumes!... Si j'avais eu la prétention de
formuler proprement ces deux idées, je t'aurais dit que l'homme se corrompt par l'exercice de la raison et se purifie par l'ignorance.
C'est faire le procès aux sociétés! Mais, que
nous vivions avec les sages ou que nous péris-
sions avec les fous, le résultat n'est-il pas, tôt
ou tard, le même?... Aussi, le grand abstrac-
teur de quintessence a-t-il jadis exprimé ces
deux systèmes en deux mots: — CARYMARY,
CARYMARA...

— Tu me fais douter de la puissance de
Dieu, car tu es plus bête qu'il n'est puissant!...
répliqua Émile. Notre cher Rabelais a résolu
cette philosophie par un mot plus bref que
—*carymary! carymara*. C'est — PEUT-ÊTRE!...
d'où Montaigne a pris son — *Que sais-je?*... et
Charles Nodier le — *Qu'est-ce que cela me
fait?*... de Breloque... Encore, ces derniers
mots de la science morale ne sont-ils guère
que l'exclamation de Pyrrhon restant entre le

bien et le mal, comme l'âne de Buridan entre deux mesures d'avoine.

Mais laissons là cette éternelle discussion, qui aboutit aujourd'hui à un — *oui et non !...* Quelle expérience voulais-tu donc faire en te jetant dans la Seine?... Étais-tu jaloux de la machine hydraulique du pont Notre-Dame?...

— Ah! si tu connaissais ma vie!...

— Ah! ah! s'écria Émile, je ne te croyais pas si vulgaire!... la phrase est usée. Ne sais-tu pas que nous avons tous la prétention de souffrir beaucoup plus que les autres?...

— Ah! s'écria Raphaël.

— Mais tu es bouffon avec ton...... *ah !...* Voyons?...

Une maladie d'âme ou de corps t'oblige-t-elle de ramener tous les matins, par une contraction de tes muscles, les chevaux qui, le soir, doivent t'écarteler, comme, jadis, le fit Damien?

As-tu mangé ton chien tout cru, sans sel, dans ta mansarde ?...

Tes enfans t'ont-ils jamais dit : — Père, j'ai faim ?...

As-tu vendu les cheveux de ta maîtresse, pour aller au jeu ?...

As-tu été payer, avec la crainte d'arriver trop tard, à un faux domicile, une fausse lettre de change, tirée sur un faux oncle?...

Voyons, j'écoute...

Si tu te jetais à l'eau pour une femme, pour un protêt, ou par ennui, je te renie... Confesse-toi, ne mens pas, je ne te demande point de mémoires historiques... Surtout, sois aussi bref que ton ivresse te le permettra ; car je suis exigeant comme un lecteur, et prêt à dormir comme une femme qui lit ses vêpres.

— Pauvre sot !... dit Raphaël. Depuis quand les douleurs ne sont-elles plus en raison de la sensibilité ? Lorsque nous arriverons au degré de science qui nous permettra de faire une histoire naturelle des cœurs, de les nommer, de les classer en genres, en sous-genres, en familles, en crustacés, en fossiles, en sauriens, en microscopiques, en... que sais-je?... Alors, mon bon ami, ce sera chose prouvée qu'il en existe de tendres, de délicats, comme des fleurs, et qui doivent se briser, comme elles, par de légers froissemens auxquels certains cœurs minéraux ne sont même pas sensibles!...

— Oh! de grâce, épargne-moi ta préface!.. dit Émile d'un air moitié riant moitié piteux, en prenant la main de Raphaël.

FIN DE LA PREMIÈRE PARTIE.

LA FEMME SANS COEUR.

DEUXIÈME PARTIE.

LA FEMME SANS CŒUR.

XV.

Après être resté silencieux pendant un moment, Raphaël dit en laissant échapper un geste d'insouciance :

— Je ne sais, en vérité, s'il ne faut pas attribuer aux fumées du vin et du punch, l'espèce de lucidité qui me permet d'embrasser

en cet instant toute ma vie comme un seul et
même tableau, où les figures, les couleurs, les
ombres, les lumières, les demi-teintes, sont
fidèlement rendues... Ce jeu poétique de mon
imagination ne m'étonnerait pas, s'il n'était
accompagné d'une sorte de dédain pour mes
souffrances et pour mes joies passées... Vue à
distance, toute ma vie est comme rétrécie par
un phénomène moral ; et je juge, au lieu de
sentir ! Cette longue et lente douleur qui a
duré dix ans, peut aujourd'hui se reproduire
par quelques phrases, dans lesquelles la douleur ne sera plus qu'une pensée, et le plaisir,
une réflexion philosophique...

— Tu es ennuyeux comme un amende-
ment !... s'écria Émile.

— Cela est possible ! reprit Raphaël sans
murmurer. Aussi, pour ne pas abuser de tes
oreilles, je te ferai grâce des dix-sept premières années de ma vie. Jusque là, j'ai vécu
comme toi, comme mille autres, de cette

vie de collége ou de lycée, dont, maintenant, nous nous rappelons tous, avec tant de cé-lices, les malheurs fictifs et les joies réelles ; à laquelle notre gastronomie blasée rede-mande les pois rouges du vendredi, tant que nous ne les avons pas goûtés de nouveau... Cette belle vie dont nous méprisons les tra-vaux, qui, cependant, nous ont appris le tra-vail...

— Arrive au drame!... dit Émile d'un air moitié comique et moitié plaintif.

— Quand je sortis du collége, reprit Ra-phaël en réclamant, par un geste, le droit de continuer, mon père m'astreignit à une discipline sévère. Il me logea dans une cham-bre contiguë à son cabinet. Je me couchais dès neuf heures du soir et me levais à cinq heures du matin. Il voulait que je fisse mon Droit en conscience. J'allais en même temps à l'École et chez un avoué. Mais les lois du temps et de l'espace étaient si sévèrement

appliquées à mes courses, à mes travaux, et
mon père me demandait en dînant un compte
si rigoureux de...

— Qu'est-ce que cela me fait ?... dit Émile.

— Eh ! qué le diable t'emporte !... répondit
Raphaël. Comment pourrais-tu concevoir mes
sentimens si je ne te raconte les faits imper-
ceptibles qui influèrent sur mon âme, la fa-
çonnèrent à la crainte, et me firent long-
temps rester dans la naïveté primitive du
jeune homme...

Ainsi, jusqu'à vingt et un ans j'ai été courbé
sous un despotisme aussi froid que celui d'une
règle monacale. Pour te révéler les tristesses
de ma vie, il suffira peut-être de te dépeindre
mon père. C'était un grand homme sec et
mince, le visage en lame de couteau, le teint
pâle, à parole brève, taquin comme une vieille
fille, méticuleux comme un chef de bureau...
Sa paternité planait au-dessus de mes lutines
et joyeuses pensées, de manière à les enfermer

sous un dôme de plomb... Quand je voulais lui manifester un sentiment doux et tendre, il me recevait comme si j'allais lui dire une sottise. Je le redoutais bien plus que nous ne craignions naguère nos maîtres d'étude... J'avais toujours huit ans pour lui... Je crois encore le voir devant moi... Il se tenait droit comme un cierge pascal; et, dans sa redin- gote marron, il avait l'air d'un hareng saur enveloppé dans la couverture rougeâtre d'un pamphlet...

Et cependant j'aimais mon père! Au fond, il était juste. Mais peut-être ne haïssons-nous pas la sévérité quand elle est justifiée par un grand caractère, par des mœurs pures, et qu'elle est adroitement entremêlée de bonté.

Si mon père ne me quitta jamais; si, jusqu'à l'âge de vingt ans, il ne laissa pas dix francs à ma disposition, dix coquins, dix libertins de francs, trésor immense dont la possession vai- nement enviée me faisait rêver d'ineffables délices ; du moins, il cherchait à me procurer quelques distractions ; et, après m'avoir fait attendre un plaisir pendant des mois entiers, il me conduisait aux Bouffons, à un concert, à un bal, où j'espérais rencontrer une maîtresse... Une maîtresse !... c'était, pour moi, l'indépendance.

Mais honteux et timide, ne sachant point l'idiôme des salons et n'y connaissant personne, j'en revenais le cœur toujours aussi neuf, et tout aussi gonflé de désirs... Puis, le lendemain, bridé comme un cheval d'escadron par mon père, il me fallait, dès le matin, retourner chez mon Avoué, au Droit, au Palais.

Vouloir m'écarter de la route uniforme qu'il m'avait tracée, c'eût été m'exposer à sa colère ; or, il m'avait menacé de m'embarquer, à ma première faute, en qualité de mousse pour les Antilles, il me prenait un horrible frisson quand, par hasard, j'osais m'aventu-

rer, pendant une heure ou deux, dans quelque partie de plaisir.

Figure-toi l'imagination la plus vagabonde,
le cœur le plus amoureux, l'âme la plus tendre, l'esprit le plus poétique, sans cesse en
présence de l'homme le plus caillouteux, le
plus atrabilaire, le plus froid du monde?...
Marie une jeune fille à un squelette, et tu com-
prendras l'existence dont tu m'interdis de te
développer les scènes curieuses : projets de
fuite évanouis à l'aspect de mon père, désespoirs calmés par le sommeil, désirs compri-
més, sombres mélancolies dissipées par la
musique. Assez fort sur le piano, j'exhalais
mon malheur en mélodies; et, souvent,
Beethoven ou Mozart furent mes discrets con-
fidens.

Aujourd'hui, je souris en me souvenant de
tous les préjugés qui agitèrent ma conscience
à cette époque d'innocence et de vertu.

Si j'avais mis le pied chez un restaurateur,

je me serais cru ruiné. Mon imagination me
faisait considérer un café comme un lieu de
débauche où les hommes se perdaient d'honneur et engageaient leur fortune. Quant à risquer de l'argent au jeu, il aurait fallu en
avoir...

Oh! quand je devrais t'endormir, je veux
te raconter l'une des plus terribles joies de
ma vie, une de ces joies armées de griffes et
qui s'enfoncent dans notre cœur comme un
fer chaud sur l'épaule d'un forçat...

J'étais au bal chez le duc de N***, cousin
de mon père... Mais, pour que tu puisses parfaitement comprendre ma position, il faut
tout t'avouer. J'avais un habit râpé, des souliers mal faits, une cravate de cocher et des
gants déjà portés... Je me mis dans un coin,
d'où, en prenant des glaces, je dévorais de l'œil
les plus jolies femmes... Mon père m'aperçut;
et, par une raison que je n'ai jamais devinée,
tant cet acte de confiance m'abasourdit, il me

donna sa bourse et son passe-partout à garder... A dix pas de moi, quelques hommes
jouaient, et j'entendais frétiller l'or.

J'avais vingt ans, et souhaitais passer une
journée entière plongé dans les crimes de mon
âge. C'était un libertinage d'esprit dont nous
ne trouverions l'analogue ni dans les caprices
de courtisane, ni dans les songes de jeune
fille. Depuis un an, je me rêvais, bien mis,
en voiture, ayant une belle femme à mes côtés, tranchant du seigneur, dînant chez Véry,
allant le soir au spectacle, et décidé à ne re-
venir que le lendemain chez mon père; mais
armé, contre lui, d'une aventure romanes-
que, plus intriguée que ne l'est le Mariage de
Figaro, et dont il lui aurait été impossible de
se dépétrer. J'avais estimé toute cette joie
cinquante écus... N'étais-je pas encore sous le
charme naïf de *l'école buissonnière ?...*

J'allai donc dans un boudoir où, seul, les
yeux cuisans, les doigts tremblans, je comp-

tai l'argent de mon père... Il y avait cent écus
dans la bourse.

Tout à coup, les joies de mon escapade ap-
parurent devant moi visibles, dansant comme
les sorcières de Macbeth autour de leur chau-
dière; mais alléchantes, frémissantes et délicieuses. Je devins un coquin déterminé. Sans
écouter ni les tintemens de mon oreille ni les
battemens précipités de mon cœur, je pris
deux pièces de vingt francs que je vois encore !... Les millésimes en étaient effacés, et
la figure de Bonaparte y grimaçait... Ayant
mis la bourse dans ma poche, je revins vers
une table de jeu, en tenant les deux pièces
d'or dans la paume humide de ma main et
rôdai autour des joueurs comme un émou-
chet au dessus d'un poulailler. En proie à des
angoisses inexprimables, je jetai soudain un
regard translucide autour de moi; puis, sûr
de n'être aperçu par personne de connais-
sance, je pariai pour un petit homme gras et

réjoui, sur la tête duquel j'accumulai plus de prières et de vœux qu'il ne s'en fait en mer, pendant trois tempêtes. Mais, avec un instinct de scélératesse et de machiavélisme dont Sixte-Quint eût été surpris, j'allai me planter près d'une porte, regardant à travers les salons sans y rien voir. Mon âme et mes yeux voltigeaient autour du fatal tapis vert...

De cette soirée, date la première observation physiologique à laquelle j'ai dû, depuis, cette espèce de pénétration qui m'a permis de saisir quelques mystères de notre double nature.

En effet, je tournais le dos à la table où se disputait mon futur bonheur, bonheur d'autant plus profond peut-être qu'il était criminel!... Il y avait, entre les deux joueurs et moi, toute une haie d'hommes, épaisse de quatre ou cinq rangées de causeurs... Il s'élevait un bourdonnement de voix, qui empêchait même de distinguer les sons de l'orches-

tre... Eh bien! par un privilège accordé à
toutes les passions et qui leur donne le pouvoir d'anéantir l'espace ou le temps, j'entendais distinctement les paroles des deux
joueurs, je connaissais leurs points, et savais
celui des deux qui retournait le roi, comme
si j'eusse vu les cartes; et quoiqu'à dix pas
du jeu, je pâlissais de ses caprices.

Mon père passa devant moi tout à coup; et
je compris alors cette parole de l'Écriture:
— L'esprit de Dieu passa devant sa face!...

Mais j'avais gagné!... A travers le tourbillon d'hommes qui gravitait autour des joueurs,
j'accourus à la table en m'y glissant avec la
dextérité d'une anguille qui s'échappe par la
maille rompue d'un filet. De douloureuses,
toutes mes fibres devinrent joyeuses. J'étais
comme un condamné qui, marchant au supplice, a rencontré le roi...

Le hasard fit qu'un homme décoré réclama

quarante francs. Ils manquaient au jeu. Tous les regards tombèrent sur moi. Je pâlis, et des gouttes de sueur sillonnèrent mon front jaune. Alors, le crime d'avoir volé mon père me parut bien vengé ; mais le bon, gros, petit homme dit d'une voix certainement angélique :

— Tous ces messieurs avaient mis !... Je suis responsable du jeu !...

Il paya les quarante francs. Alors je relevai mon front et jetai des regards triomphans sur les joueurs. Puis, après avoir réintégré dans la bourse de mon père l'or que j'y avais pris, je laissai mon gain à ce digne et honnête monsieur qui continua de gagner. Aussitôt que je me vis possesseur de cent soixante francs, je les enveloppai dans mon mouchoir de manière à ce qu'ils ne pussent ni remuer ni sonner pendant notre retour au logis, et je ne jouai plus...

— Que faisiez-vous au jeu ?... me dit mon père en entrant dans le fiacre.

1. 4ᵉ édit.   16

— Je regardais... répondis-je en tremblant.

— Mais, reprit mon père, il n'y aurait eu
rien d'extraordinaire à ce que vous eussiez
été forcé par amour-propre à mettre quelque
argent au jeu... Aux yeux des gens du monde,
vous paraissez assez âgé pour avoir le droit
de faire des sottises... Ainsi, je vous excuse-
rais, Raphaël, si vous vous étiez servi de ma
bourse...

Je ne répondis rien.

Quand nous fûmes de retour, je rendis à
mon père le passe-partout et l'argent. En ren-
trant dans sa chambre, il vida sa bourse sur
sa cheminée et compta l'or. Puis, il se tourna
vers moi d'un air assez gracieux, et me dit
en séparant chaque phrase par une pause plus
ou moins longue et significative :

— Mon fils, vous avez bientôt vingt ans.

— Je suis content de vous. — Il vous faut
une pension, — quand ce ne serait que pour
vous apprendre à économiser, — à connaître

les choses de la vie. — Dès ce soir, je vous donnerai — cent francs — par mois. Vous disposerez de votre argent comme il vous plaira !...

— Voici le premier trimestre de cette année... ajouta-t-il en caressant une pile d'or comme pour vérifier la somme.

J'avoue que je fus prêt à me jeter à ses pieds, à lui déclarer que j'étais un brigand, un infâme, et... pis que cela, — un menteur !... Mais la honte me retint. J'allais l'embrasser, il me repoussa faiblement.

— Maintenant tu es un homme, *mon enfant !*... me dit-il. Ce que je fais est une chose toute simple et juste dont tu ne dois pas me remercier...

— Si j'ai droit à votre reconnaissance, Raphaël, reprit-il d'un ton doux, mais plein de dignité, c'est pour avoir sauvé votre jeunesse des malheurs qui dévorent tous les jeunes gens, à Paris. — Désormais nous serons comme deux amis. — Vous deviendrez dans un an, docteur en droit. — Vous avez, non sans quelques déplaisirs et certaines privations, acquis les connaissances solides et l'amour du travail si essentiel aux hommes appelés à manier les affaires... Apprenez, Raphaël, à me connaître. — Je ne veux faire de vous, ni un avocat, ni un notaire; mais un homme d'état qui puisse devenir la gloire de notre pauvre maison...

— A demain! ajouta-t-il en me renvoyant par un geste mystérieux.

Dès ce jour, mon père m'initia franchement à ses projets.

XVI.

J'étais fils unique et j'avais perdu ma mère depuis dix ans.

Autrefois, peu flatté d'avoir le droit de labourer la terre l'épée au côté, mon père, chef d'une maison historique, à peu près oubliée en Auvergne, vint à Paris pour y tenter le diable.

Doué de cette finesse qui rend les hommes
du midi de la France si supérieurs quand elle
se trouve accompagnée d'énergie, il était par-
venu, sans grand appui, à prendre position
au cœur même du pouvoir. La révolution ren-
versa bientôt sa fortune; mais ayant épousé
l'héritière d'une riche maison, il s'était vu,
sous l'empire, au moment de restituer à notre
famille son ancienne splendeur.

La restauration, qui rendit à ma mère des
biens considérables, ruina mon père.

Ayant jadis acheté plusieurs terres données
par l'empereur à ses généraux, et situées en
pays étranger, il luttait depuis dix ans avec des
liquidateurs et des diplomates, avec les tribunaux prussiens et bavarois pour se maintenir
dans la possession contestée de ces malheu-
reuses dotations. Aussitôt, mon père me jeta
dans le labyrinthe inextricable de ce vaste
procès d'où dépendait tout notre avenir. Nous
pouvions être condamnés à restituer les reve-

nus par lui perçus, ainsi que le prix de certaines coupes de bois faites de 1814 à 1817;
or, dans ce cas, le bien de ma mère suffisait à
peine pour sauver l'honneur de notre nom.
Ainsi, le jour où mon père parut en quelque
sorte m'avoir émancipé, je tombai sous le joug
le plus odieux. Il fallut combattre comme sur
un champ de bataille, travailler nuit et jour,
aller voir des hommes d'état, tâcher de sur-
prendre leur religion, tenter de les intéresser
à notre affaire, les séduire, eux, leurs femmes,
leurs valets, leurs chiens, et déguiser cet horrible métier sous des formes élégantes., sous
d'agréables plaisanteries.

Alors je compris tous les chagrins dont la
figure de mon père portait l'empreinte.

Pendant une année environ, je menai en
apparence la vie d'un homme du monde; mais
cette dissipation et mon empressement à me
lier avec des parens en faveur ou avec les gens
qui pouvaient nous être utiles, cachaient d'im-

menses travaux. Mes divertissemens étaient
encore des plaidoiries, et mes conversations,
des mémoires...

Jusque là, j'avais été vertueux par l'impossibilité de me livrer à mes goûts de jeune
homme; mais, craignant de causer la ruine
de mon père ou la mienne par une négligence,
je devins mon propre despote. Je n'osais me
permettre ni un plaisir ni une dépense; car
lorsque nous sommes jeunes, quand, à force
de froissemens, les hommes et les choses·ne
nous ont point encore enlevé cette fleur de
sentiment si délicate, cette vierge verdeur de
pensée, cette noble et pure conscience qui ne
nous laisse jamais transiger avec le mauvais,
nous sentons vivement nos devoirs, notre
honneur parle haut et se fait écouter; nous
sommes francs et sans détour. C'est ainsi que
j'étais alors, et je voulus justifier la confiance
de mon père.

Naguère, je lui aurais dérobé délicieusement une chétive somme; mais, portant avec lui le fardeau de ses affaires, de son nom, de sa maison, je lui eusse donné secrètement mes biens, mes espérances, comme je lui sacrifiais mes plaisirs... Heureux même de mon sacrifice!... Aussi, quand M. de Villèle exhuma, tout exprès pour nous, un décret impérial sur les déchéances, et qu'il nous eut ruinés, je signai la vente de mes propriétés, n'en gardant qu'une île sans valeur, située au milieu de la Loire et où se trouvait le tombeau de ma mère.

Aujourd'hui, peut-être, les argumens, les détours, les discussions philosophiques, philantropiques et politiques ne me manqueraient pas pour me dispenser de faire ce que mon avoué nommait une — *bêtise*.... Mais à vingt et un ans, nous sommes, je le répète, toute générosité, toute chaleur, tout amour... Les larmes que je vis dans les yeux de mon père furent alors, pour moi, la plus belle des fortunes ; et le souvenir de ces larmes fait souvent ma consolation.

Dix mois après avoir payé ses créanciers, mon père mourut de chagrin. Il m'adorait et m'avait ruiné. Cette idée le tua.

En 1826, à l'âge de vingt-deux ans, vers la fin de l'automne, je suivis tout seul le convoi de mon premier ami, de mon père... Peu de jeunes gens se sont trouvés, seuls avec leurs pensées, derrière un corbillard, perdus dans Paris, sans avenir, sans fortune. Les orphelins recueillis par la charité publique ont au moins un père et un avenir. Leur fortune future est le champ de bataille ; leur père, le procureur du roi, le gouvernement ou l'hospice... Moi je n'avais rien ! — Rien !...

Trois mois après, un commissaire-priseur me remit onze cent douze francs, produit net et liquide de la succession paternelle. Des créanciers m'avaient obligé de faire la vente de notre mobilier.

Accoutumé dès ma jeunesse à donner une grande valeur à tous les objets de luxe dont j'étais entouré, je ne pus m'empêcher de marquer une sorte d'étonnement à l'aspect de ce reliquat exigu.

— Oh ! me dit le commissaire-priseur, tout cela était bien *rococo* !...

Quel mot épouvantable !... Il flétrissait toutes les religions de mon enfance, et me dépouillait de mes premières illusions, les plus chères de toutes...

Ma fortune se résumait par un bordereau de vente.

Mon avenir gisait dans un sac de toile, qui contenait onze cent douze francs.

La société m'apparaissait en la personne d'un huissier-priseur qui me parlait le chapeau sur la tête.

Enfin, un valet de chambre qui me chérissait, et auquel ma mère avait jadis constitué quatre cents francs de rente viagère, me dit en quittant la maison d'où j'étais si souvent sorti joyeusement en voiture, pendant mon enfance :

— Soyez bien économe ! monsieur Raphaël !..:

Il pleurait, le bonhomme.

XVII.

Tels sont, mon cher Émile, les événemens qui maîtrisèrent ma destinée, modifièrent mon âme, et me placèrent, jeune encore, dans la plus fausse de toutes les situations sociales.

Des liens de famille, mais faibles, m'attachaient à quelques maisons riches dont ma fierté m'aurait interdit l'accès, si le mépris et l'indifférence ne m'en avaient déjà fermé les portes. Ainsi, quoique parent de personnes très-influentes et prodigues de leur protection pour des étrangers, je n'avais ni parens ni protecteurs.

Mon âme, sans cesse arrêtée dans ses expansions, s'était repliée sur elle-même; et, plein de franchise, de naturel, je devais paraître froid, dissimulé. Le despotisme de mon père m'ayant ôté toute confiance en moi, j'étais timide et gauche; je ne croyais pas que ma voix pût exercer le moindre empire; je me déplaisais; je me trouvais laid, et j'avais honte de mon regard.

Malgré la voix intérieure qui doit soutenir tous les hommes de talent dans leurs luttes, et qui me criait : — Courage!..... marche!..... Malgré les révélations soudaines de ma puissance dans la solitude, malgré l'espoir dont j'étais animé en comparant les ouvrages nouveaux admirés du public, à ceux qui volti-

geaient dans ma pensée, je doutais de moi,
comme un enfant sans mère. J'étais la proie
d'une excessive ambition, je me croyais destiné à de grandes choses et me sentais dans
le néant.

Puis, j'avais besoin des hommes, et je me
trouvais sans amis; je devais me frayer une
route dans le monde, et je restais seul parce
que j'y étais honteux.

Pendant l'année où je fus jeté par mon père
dans le tourbillon de la haute société, j'y
vins avec un cœur neuf, avec une âme fraîche; et, comme tous les enfans, j'aspirai secrètement à de belles amours. Je rencontrai,
parmi les jeunes gens de mon âge, une secte
de fanfarons qui allaient tête levée, disant
des riens, s'asseyant sans trembler près des
femmes qui me semblaient les plus imposan-
tes, débitant des impertinences, mâchant le
bout de leurs cannes, minaudant et se pros-
tituant à eux-mêmes les plus jolies personnes,

mettant ou prétendant avoir mis leurs têtes
sur tous les oreillers, ayant l'air d'être au refus du plaisir, considérant les plus vertueuses,
les plus prudes comme de prise facile et pouvant être conquises à la simple parole, au
moindre geste hardi, par le premier regard
insolent!... Moi, je te déclare, en mon âme et
conscience, que la conquête du pouvoir ou
d'une grande renommée littéraire me paraissait un triomphe moins difficile à obtenir
qu'un succès auprès d'une femme de haut rang,
jeune, spirituelle et gracieuse. Ainsi je trouvai les troubles de mon cœur, mes sentimens,
mes cultes en désaccord avec les maximes de
la société. J'avais de la hardiesse, mais dans
l'âme seulement, et non dans les manières.
J'ai sû plus tard, que les femmes ne voulaient
pas être mendiées...

J'en ai beaucoup vu, que j'adorais de loin,
auxquelles je livrais un cœur à toute épreuve,
une âme à déchirer, une énergie qui ne s'ef-

frayait ni des sacrifices, ni des tortures...

Elles appartenaient à des sots dont je n'aurais pas voulu pour portiers.

Que de fois, muet, immobile, j'ai admiré la femme de mes rêves, surgissant dans un bal !... Dévouant alors en pensée mon existence entière à des caresses éternelles, j'imprimais toutes mes espérances en un regard ; et lui offrais, dans mon extase, un amour de jeune homme qui ne demande qu'à être abusé. J'aurais, en certains momens, donné ma vie pour une seule nuit...

Eh bien ! n'ayant jamais trouvé d'oreilles à qui confier mes propos passionnés, de regards où reposer les miens, de cœur pour mon cœur, j'ai vécu dans tous les tourmens d'une impuissante énergie qui se dévorait elle-même, soit faute de hardiesse ou d'occasions, soit inexpérience. Peut-être ai-je désespéré de me faire comprendre ou tremblé d'être trop compris... Et, cependant, j'avais un

orage tout prêt à chaque regard poli qui m'é-
tait adressé! Mais, malgré ma promptitude à
prendre ce regard ou des mots, en apparence
affectueux, comme de tendres engagemens,
je n'ai jamais osé ni parler ni me taire. A
force de sentiment, ma parole était insigni-
fiante, et mon silence, stupide. J'avais sans
doute trop de naïveté pour une société factice qui ne vit qu'aux lumières, et rend toutes
ses pensées avec des phrases convenues, avec
des mots dictés par la mode ; puis, je ne savais point parler en me taisant, ni me taire
en parlant.

Enfin, gardant en moi des feux qui me brûlaient ; ayant une âme semblable à celles que
les femmes paraissent jalouses de rencontrer ;
en proie à cette exaltation dont elles sont avi-
des ; possédant l'énergie dont se vantent les
sots, je n'ai connu que des femmes à moi seul
traîtreusement cruelles. Aussi, j'admirais naïvement les héros de coterie quand ils célé-

braient leurs triomphes, ne les soupçonnant
point de mensonges. J'avais sans doute le tort
de souhaiter un amour sur parole, de vouloir
trouver grande et forte, dans un cœur de
femme frivole et légère affamée de luxe, ivre
de vanité, cette passion large, cet océan qui
battait tempestueusement dans mon cœur.

Oh! se sentir né pour aimer, pour rendre
une femme bien heureuse, et ne pas avoir
trouvé même une courageuse et noble Marce-
line, ou quelque vieille marquise!... Porter
des trésors dans une besace, et ne pouvoir
rencontrer, même une enfant, quelque jeune
fille curieuse, pour les lui faire admirer... J'ai
souvent voulu me tuer de désespoir...

— Joliment tragique, ce soir!... s'écria
Émile.

— Eh! laisse-moi condamner ma vie!... répondit Raphaël, et plaider pour mon divorce
avec elle! Si ton amitié ne te donne pas la
force d'écouter mes élégies, si tu ne peux me

faire crédit d'une demi-heure d'ennui, dors!...
Mais ne me demande plus compte de mon
suicide qui gronde, qui se dresse, qui m'appelle et que je salue. Pour juger un homme,
au moins faut-il être dans le secret de sa pensée, de ses malheurs, de ses émotions. Ne
vouloir connaître de l'homme que les événemens matériels, c'est faire de la chronologie!...
L'histoire des sots!

Le ton amer avec lequel ces paroles furent
prononcées frappa si vivement Émile que, de
ce moment, il prêta toute son attention à Raphaël, en le regardant d'un air presque hébété.

— Mais, reprit le narrateur, maintenant,
la lueur qui colore ces accidens leur prête un
nouvel aspect. Chaque ordre de choses que je
considérais jadis comme un malheur a dû en-
gendrer les facultés, les forces dont, plus tard,
je me suis enorgueilli.

La curiosité philosophique, les travaux

excessifs, l'amour de la lecture, qui, depuis l'âge de sept ans jusqu'à mon entrée dans le monde, ont constamment occupé ma vie, ne m'auraient-ils pas doué de la facile puissance avec laquelle, s'il faut vous en croire, je sais rendre mes idées et aller en avant dans le vaste champ des connaissances humaines? L'abandon auquel j'étais condamné, l'habitude de refouler mes sentimens et de vivre dans mon cœur, ne m'ont-ils pas investi du pouvoir de comparer, de méditer! Ma sensibilité ne s'étant pas dissipée au service de ces irritations mondaines, qui rapetissent la plus belle âme et la réduisent à l'état de guenille, ne s'est-elle pas concentrée pour devenir l'organe perfectionné d'une volonté plus haute que celle de la passion?

Méconnu par les femmes, je me souviens de les avoir observées avec toute la sagacité de l'amour dédaigné. Maintenant, j'en suis certain, la sincérité de mon caractère a dû leur

déplaire! Peut-être veulent-elles un peu d'hypocrisie?... Mais, moi, qui suis, tour-à-tour,
dans la même heure : enfant, homme, savant,
futile, penseur, sans préjugés et plein de superstitions, souvent femme comme elles,
n'ont-elles pas dû prendre ma naïveté pour
du cynisme, la pureté même de ma pensée
pour du libertinage? La science leur était ennui; la langueur féminine, faiblesse. Puis,
cette excessive mobilité d'imagination, le malheur des poëtes, me faisait sans doute juger
comme un être incapable d'amour, sans cons-
tance dans les idées, sans énergie... Idiot,
quand je me taisais, je les effarouchais peut-
être quand j'essayais de leur plaire.

Ainsi, toutes les femmes m'ont condamné.
J'ai accepté, dans les larmes et le chagrin,
l'arrêt porté par le monde. Puis, cette peine
a produit son fruit. Je voulus me venger de la
société, je voulus posséder l'âme de toutes les
femmes en me soumettant les intelligences, et

voir tous les regards fixés sur moi quand mon
nom serait prononcé par un valet à la porte
d'un salon. Je m'instituai grand homme. Dès
mon enfance, je m'étais frappé le front en me
disant comme André de Chénier: « Il y a quelque chose là !... » Je croyais sentir en moi une
pensée à exprimer, un système à établir, une
science à expliquer.

O mon cher Émile! aujourd'hui que j'ai
vingt-six ans à peine, que je suis sûr de mourir inconnu, sans avoir jamais été l'amant
d'aucune femme, laisse-moi te conter toutes
mes folies? N'avons-nous pas tous, plus ou
moins, pris nos désirs pour des réalités?...
Ah! je ne voudrais pas, pour ami, d'un jeune
homme qui ne se serait pas, dix fois dans ses
rêves, tressé des couronnes, construit de
piédestal ou dessiné de complaisantes maîtresses...

Moi! j'ai souvent été général, empereur;
j'ai été Byron, puis... rien. Après avoir joué

sur le faîte des choses humaines, je m'apercevais que j'avais encore toutes les montagnes,
toutes les difficultés à gravir...

Cet immense amour-propre qui bouillon-
nait en moi, cette croyance sublime à une
destinée, et qui devient du génie, peut-être,
quand un homme ne se laisse pas déchique-
ter l'âme par le contact des affaires comme un
mouton qui abandonne sa laine aux épines
des halliers où il passe; tout cela me sauva.

Je voulus me couvrir de gloire et travailler
dans le silence pour la maîtresse que j'espérais avoir un jour. Toutes les femmes se résumaient par une seule; et, cette femme, je
croyais la rencontrer dans la première qui
s'offrait à mes regards. Mais, voyant une reine
dans chacune d'elles, toutes devaient, comme
les reines qui sont obligées de faire des avan-
ces à leurs amans, venir un peu au devant de
moi, souffreteux, pauvre et timide.

Ah! pour celle qui m'eût plaint, j'avais dans

le cœur tant de reconnaissance, outre l'amour, que je l'eusse adorée pendant toute sa vie.

Plus tard, mes observations m'ont appris de cruelles vérités. Ainsi, mon cher Émile, je risquais de vivre éternellement seul. Les femmes sont habituées, par je ne sais quelle pente de leur esprit, à ne voir dans un homme de talent, que ses défauts; et, dans un sot, que ses qualités; alors, elles éprouvent de grandes sympathies pour les qualités du sot, qui sont une flatterie perpétuelle de leurs propres défauts; tandis que l'homme supérieur ne leur offre pas assez de jouissances pour compenser ses imperfections. Le talent est une fièvre intermittente, et nulle femme n'est bien jalouse d'en partager seulement les malaises. Toutes veulent trouver dans leurs amans des motifs de satisfaire leur vanité; ce sont elles encore qu'elles aiment en nous!... Or, un homme pauvre, fier, artiste, doué du pouvoir de créer, n'est-il pas armé d'une espèce d'égoïsme ? Il existe autour de lui je ne sais quel tourbillon de pensées dans lequel il enveloppe tout, même sa maîtresse qui doit en suivre le mouvement.

Une femme adulée peut-elle croire à l'amour d'un tel homme ? Ira-t-elle le chercher ? Cet amant n'a pas le loisir de venir faire, autour d'un divan, ces petites singeries de sensibilité auxquelles les femmes tiennent tant, et qui sont le triomphe des gens faux et insensibles... A peine trouve-t-il assez de temps pour ses travaux ; comment en dépenserait-il à se rapetisser, à se chamarrer ? J'aurais donné ma vie, mais je ne l'aurais pas détaillée...

Enfin, il y a dans le manège d'un agent de change qui fait les commissions d'une femme pâle et minaudière, je ne sais quoi de mesquin dont l'artiste a horreur. Il faut plus que de l'amour à un homme pauvre et grand, il a besoin de dévouement. Or, les petites créatu-

res qui vivent de cachemires, ou se font les
porte-manteaux de la mode, n'ont pas de dévouement; elles en exigent, voyant dans l'a-
mour le plaisir de commander et non celui
d'obéir. La véritable épouse en cœur, en
chair et en os se laisse traîner là, où va, celui
en qui résident sa vie, sa force, sa gloire, son
bonheur. Aux hommes supérieurs, il faut des
femmes dignes d'eux, qui les comprennent...
Tous leurs malheurs viennent d'un désaccord
entre eux et ce qui les entoure. Moi, qui me
croyais homme de génie, j'aimais précisément
ces petites maîtresses.

Avec des idées si contraires aux idées reçues, avec la prétention d'escalader le ciel sans
échelle, avec des trésors qui n'avaient pas
cours, armé de connaissances étendues dont
ma mémoire était surchargée et que je n'avais
pas encore classées, que je ne m'étais point
assimilées pour ainsi dire; me trouvant sans
parens, sans amis, seul au milieu du plus

affreux désert, un désert pavé, un désert animé, pensant, vivant, où tout vous est bien plus qu'ennemi... — indifférent! la résolution que je pris était naturelle, quoique folle. Elle comportait je ne sais quoi d'impossible qui me donna du courage.

Ce fut comme un pari fait avec moi-même: j'étais le joueur et l'enjeu. Voici mon plan.

XVIII.

Mes onze cents francs devaient suffire à ma vie pendant trois ans, et je m'accordais ces trois années pour mettre au jour un ouvrage qui pût attirer l'attention publique sur moi, me faire une fortune, un nom.

Je me réjouissais en pensant que j'allais vivre de pain et de lait, comme un solitaire de la Thébaïde; restant dans le monde des

livres et des idées, dans une sphère inaccessible, au milieu de ce Paris si tumultueux,
sphère de travail et de silence, où je me bâtis-
sais, comme les chrysalides, une tombe, pour
renaître brillant et glorieux... J'allais risquer
de mourir pour vivre...

En réduisant l'existence à ses vrais besoins,
au strict nécessaire, je trouvais que trois cent
soixante-cinq francs par an devaient suffire à
mon luxe de pauvreté. En effet cette maigre
somme a satisfait à ma vie, tant que j'ai voulu
subir ma propre discipline claustrale...

— Cela est impossible! s'écria Émile.

— J'ai vécu près de trois ans ainsi!... répondit Raphaël avec une sorte de fierté.

— Comptons!... reprit-il. Trois sous de
pain, deux sous de lait, trois sous de char-
cuterie m'empêchaient de mourir de faim et
tenaient mon esprit dans un état de lucidité
singulière. J'ai observé, comme tu sais, de

merveilleux effets produits par la diète sur l'imagination.

Puis, mon logement me coûtait trois sous par jour ; je brûlais pour trois sous d'huile par nuit ; je faisais moi-même ma chambre ; je portais des chemises de flanelle pour ne dé- penser que deux sous de blanchissage par jour ; je me chauffais avec du charbon de terre, dont le prix divisé par les jours de l'année, n'a jamais donné plus de deux sous pour cha- cun ; enfin, j'avais des habits, du linge, des chaussures pour trois années ; c'était assez, ne voulant m'habiller que pour aller à cer- tains Cours publics et aux bibliothèques.

Toutes ces dépenses réunies font dix-huit sous : il m'en restait deux pour les choses im- prévues. Mais, je ne me souviens pas d'avoir, pendant cette longue période de travail, passé le Pont-des-Arts, ni d'avoir jamais acheté d'eau ; j'allais en chercher le matin, à la fon- taine de la place Saint-Michel, au coin de la

rue des Grès. Oh ! je portais ma pauvreté fiè-
rement. Un homme qui pressent un bel avenir, marche dans sa vie de misère comme un
innocent conduit au supplice, il n'a point
honte...

Je n'avais pas voulu prévoir la maladie;
mais, comme Aquilina, j'envisageais l'hôpital
sans terreur. Je n'ai pas douté un moment de
ma bonne santé. Le pauvre ne se couche que
pour mourir.

Je me coupai les cheveux jusqu'au moment
où un ange d'amour et de bonté.... Mais je ne
veux pas anticiper sur la situation à laquelle
j'arrive...

Apprends seulement, mon cher ami, qu'à
défaut de maîtresse, je vécus avec une grande
pensée, un rêve, un mensonge auquel nous
commençons tous par croire, plus ou moins.
Aujourd'hui, je ris de moi, de ce *moi* peut-
être saint et sublime qui n'existe plus...

La société, le monde, nos usages, nos

mœurs, vus de près, m'ont révélé le danger
de ma croyance innocente et la superfluité de
mes fervens travaux. Tout cela est inutile à
l'ambitieux. Il faut peu de bagage quand on
poursuit la Fortune; et, la faute des hommes
supérieurs est de dépenser leurs jeunes années
à se rendre dignes d'elle. Pendant qu'ils thé-
saurisent leurs forces et la science pour por-
ser sans effort le poids d'une puissance future qui les fuit; les intrigans, riches de mots
et dépourvus d'idées, vont et viennent, sur-
prennent les sots, se logent dans la confiance
des demi-niais. Ainsi, les uns étudient, les
autres marchent; les uns sont modestes, les
autres hardis; l'homme de génie tait son orgueil et l'intrigant met le sien tout en dehors;
celui-ci doit arriver nécessairement. Les hommes du pouvoir ont si fort besoin de croire
au mérite tout fait, au talent effronté, qu'il y
a, chez le vrai savant, de l'enfantillage à espérer des récompenses humaines. Je ne cher-

I. 4e édit.   18

che certes pas à paraphraser les lieux com-
muns de la vertu, le cantique des cantiques
éternellement chanté par les gens qui ne par-
viennent à rien ; mais à déduire logiquement
la raison des fréquens succès obtenus par les
hommes médiocres.

Néanmoins, l'étude est si maternellement
bonne, qu'il y a peut-être un crime à lui demander des récompenses, autres que les pures et douces joies dont elle nourrit ses enfans. Je me souviens d'avoir quelquefois
mangé gaiement mon pain, mon lait, assis
auprès de ma fenêtre, en respirant l'air du
ciel, en laissant planer mes yeux sur un
paysage de toits bruns, grisâtres, rouges, en
ardoises, en tuiles, couverts de mousses jaunes ou vertes.

Si, d'abord, cette vue me parut monotone,
bientôt j'y découvris de singulières beautés.
Tantôt, le soir, des raies lumineuses, parties
des volets mal fermés, nuançaient et animaient

les noires profondeurs de ce pays original.
Tantôt les lueurs pâles des réverbères pro-
jetaient d'en bas des reflets jaunâtres à
travers le brouillard, et accusaient faiblement
les rues dans les ondulations de ces toits
pressés, océan de vagues immobiles. Puis,
parfois de rares figures apparaissaient au milieu de ce morne désert : c'était, parmi les
fleurs de quelque jardin aérien, le profil an-
guleux et crochu d'une vieille femme arrosant
des capucines, ou dans le cadre d'une lucarne
pourrie, quelque jeune fille faisant sa toilette,
se croyant seule, et dont je n'apercevais que
le front et les longs cheveux élevés en l'air
par un joli bras blanc. J'admirais dans les
gouttières quelques végétations éphémères,
pauvres herbes bientôt emportées par un
orage! J'étudiais les mousses, leurs couleurs
ravivées par la pluie, et qui, sous le soleil, se
changeaient en un velours sec et brun à reflets capricieux... Enfin, les poétiques et fugi-

tifs effets du jour, les tristesses du brouillard,
les soudains pétillemens du soleil, le silence,
les magies de la nuit, les mystères de l'aurore, les fumées de chaque cheminée, tous
les accidens de cette singulière nature m'é-
taient devenus familiers et me divertissaient.
J'aimais ma prison, peut-être parce qu'elle
était volontaire... Ces savanes de Paris for-
mées par des toits nivelés comme une plaine,
mais qui couvraient des abîmes peuplés, allaient à mon âme et s'harmoniaient avec mes
pensées. — Il est fatigant de retrouver brusquement le monde quand nous descendons
des hauteurs célestes où nous entraînent les
méditations scientifiques : aussi, ai-je alors
parfaitement conçu la nudité des monas-
tères...

XIX.

Quand je fus bien résolu à suivre mon nouveau plan de vie, je cherchai mon logis dans les quartiers les plus déserts de Paris. Un soir, revenant de l'Estrapade, je passai par la rue des Cordiers pour retourner chez moi.

A l'angle de la rue de Cluny, j'aperçus une petite fille d'environ quatorze ans, qui jouait

au volant avec une de ses camarades. Leurs
rires et leurs espiégleries amusaient les voisins. Il faisait beau, la soirée était chaude, le
mois de septembre durait encore. Devant
chaque porte, il y avait des femmes assises et
devisant comme dans une ville de province
par un jour de fête. Je remarquai d'abord la
jeune fille dont la physionomie était d'une
admirable expression, et le corps, tout posé
pour un peintre ; c'était une scène ravissante.
Puis, cherchant la cause de cette bonhomie au milieu de Paris, je remarquai que la
rue n'aboutissant à rien, ne devait pas être
très-passante. Me rappelant le séjour de
J.-J. Rousseau dans ce lieu, je cherchai, j'aperçus l'hôtel Saint-Quentin. L'état de délabre-
ment dans lequel il se trouvait, me faisant
espérer d'y rencontrer le gîte peu coûteux
que je désirais, je voulus le visiter.

En entrant dans une chambre basse, je vis
les classiques flambeaux de cuivre garnis de

leurs chandelles, tous méthodiquement rangés au-dessus de chaque clef; et je fus frappé
de la propreté qui régnait dans cette salle,
ordinairement assez mal tenue partout. Elle
était peignée comme un tableau de genre, et
les ustensiles, les meubles, le lit bleu avaient
la coquetterie d'une nature de convention.
La maîtresse de l'hôtel, femme de quarante
ans environ, se leva, et vint à moi. Il y avait
des malheurs écrits dans ses traits, et son regard était comme terni par des pleurs. Je lui
soumis humblement le tarif de mon loyer.
Sans en paraître étonnée, elle chercha une
clef parmi toutes les autres.

Alors, elle me conduisit dans les mansardes de sa maison et m'y montra une chambre
qui avait vue sur les toits, sur les cours obs-
cures des hôtels garnis du voisinage, et par
les fenêtres desquelles passaient de longues
perches chargées de linge..... Rien n'était plus
horrible.

Cette mansarde aux murs jaunes et sales
sentait la misère et appelait son savant. La
toiture s'en abaissait irrégulièrement et les
tuiles disjointes y laissaient voir le ciel.... Il y
avait place pour un lit, une table, quelques
chaises; et, sous l'angle obtus du toit, je
pouvais loger mon piano. N'étant pas assez
riche pour meubler cette cage digne des
plombs de Venise, la pauvre femme n'avait
jamais pu la louer. Or, ayant précisément
excepté, de la vente mobilière que je venais
de faire, les objets qui m'étaient en quelque
sorte personnels, je fus bientôt d'accord avec
mon hôtesse, et le lendemain je m'installai
chez elle.

Je vécus dans ce sépulcre aérien pendant
près de trois ans, travaillant nuit et jour sans
relâche, avec tant de plaisir que l'étude me
semblait être le plus beau thème, la plus heureuse solution d'une vie humaine....

Le calme et le silence nécessaires au savant,

ont je ne sais quoi de doux, d'enivrant comme l'amour. L'exercice de la pensée, la recherche des idées, les contemplations tranquilles de la science nous prodiguent d'ineffables délices, indescriptibles comme tout ce qui participe de l'intelligence dont les phénomènes sont invisibles à nos sens extérieurs. Aussi, sommes-nous toujours forcés d'expliquer les mystères de l'esprit par des comparaisons avec la matière. Ainsi, le plaisir de nager dans un lac d'eau pure, au milieu des rochers, des bois, des fleurs, seul, caressé par une brise tiède, donnerait aux ignorans une bien faible image du bonheur que j'éprouvais quand mon âme était baignée dans les lueurs de je ne sais quelle lumière, quand j'écoutais les voix terribles et confuses de l'inspiration, quand les images ruisselaient d'une source inconnue dans mon cerveau palpitant. Oh ! voir une idée pointant dans le vide des abstractions humaines comme le lever du soleil au matin,

s'élevant comme lui, jetant des rayons; ou
mieux encore, enfant, adulte, homme et bien
exprimée, bien vivante... est une joie égale
aux autres joies terrestres ou plutôt un divin
plaisir. Puis, l'étude prête une sorte de magie
à tout ce qui nous environne.

Le bureau chétif sur lequel j'écrivais et la
basane brune dont il était couvert, mon piano,
mon lit, mon fauteuil, les bizarreries de mon
papier de tenture, mes meubles, toutes ces
choses s'animèrent, et devinrent pour moi
d'humbles amis, les complices silencieux de
mon avenir... Que de fois, en les regardant,
je leur ai communiqué mon âme!... Souvent,
en laissant voyager mes yeux sur une mou-
lure déjetée, je rencontrais des développemens
nouveaux, une preuve frappante de mon système ou des mots que je croyais heureux pour
rendre des pensées presque intraduisibles...
A force de contempler les objets dont j'étais
entouré je trouvais à chacune une physiono-

mie, un caractère, et souvent ils me parlaient. Si, par dessus les toits, le soleil couchant me jetait, à travers mon étroite fenêtre, quelque lueur furtive, ils se coloraient, ils avaient des caprices, ils pâlissaient, brillaient, s'attristaient ou s'égayaient, me surprenant toujours par une multitude d'effets originaux.

Ces menus accidens de la vie solitaire échappent aux préoccupations du monde, mais ils sont la consolation des prisonniers. Or, j'étais captivé par une idée, emprisonné dans un système, mais soutenu par la perspective d'une vie glorieuse.

Aussi, à chaque difficulté vaincue, je baisais les mains douces de la femme aux beaux yeux, élégante, riche, qui devait un jour caresser mes cheveux en me disant avec attendrissement :

— Tu as bien souffert, pauvre ange !...

J'avais entrepris deux grandes œuvres. D'abord, une comédie qui devait me donner, en peu de jours, une renommée, une fortune, et l'entrée de ce monde où je voulais reparaître en homme remarquable.

Vous avez tous vu dans mon chef-d'œuvre la première erreur d'un jeune homme qui sort du collége, une véritable niaiserie d'enfant..... Vos plaisanteries ont détruit de fécondes illusions, qui, depuis, ne se sont plus réveillées.

Mais, toi seul, mon cher Émile, as calmé la plaie profonde que d'autres firent à mon cœur. Tu admiras ma *Théorie de la volonté...* ce long ouvrage, pour lequel j'avais appris les langues orientales, l'anatomie, la physiologie, et auquel j'avais consacré la plus grande partie de mon temps; œuvre qui, si je ne me trompe, doit compléter les travaux de Mesmer, de Lavater, de Gall, de Bichat, en ouvrant une nouvelle route à la science humaine...

Là s'arrête ma belle vie, cette vie secrète,

cé sacrifice de tous les jours, ce travail de ver-à-soie inconnu au monde et dont la seule récompense est peut-être dans le travail même.

Depuis l'âge de raison jusqu'au jour où j'eus terminé ma *théorie*, j'ai observé, appris, écrit, lu sans relâche, et ma vie fut comme un long *pensum*.

Amant efféminé de la paresse orientale, amoureux de mes rêves, sensuel, j'ai toujours travaillé, me refusant à toutes les jouissances de la vie. Gourmand, j'ai été sobre. Aimant et la marche et les voyages maritimes, désirant visiter plusieurs pays, trouvant encore du plaisir à faire, comme un enfant, ricocher des cailloux sur l'eau, je suis resté constamment assis, une plume à la main. Bavard, j'allais écouter en silence les professeurs aux Cours publics de la Bibliothéque et du Muséum. J'ai dormi sur mon grabat solitaire comme un religieux de l'ordre de Saint-

Maur; et la femme était cependant ma seule chimère, une chimère que je caressais et qui me fuyait toujours.

Enfin, ma vie a été une cruelle antithèse, un perpétuel mensonge. Puis, jugez donc les hommes!...

Parfois tous mes goûts naturels se réveillaient comme un incendie long-temps couvé. Alors, par une sorte de mirage ou de calenture, je me voyais, moi, veuf, dénué de tout et dans une mansarde d'artiste, entouré de femmes ravissantes; je courais à travers les rues de Paris, couché sur les moelleux coussins d'un brillant équipage; j'étais rongé de vices, plongé dans la débauche, voulant tout, ayant tout. J'étais ivre, à jeun... C'était la tentation de saint Antoine. Heureusement le sommeil finissait par engloutir toutes ces visions dévorantes. Le lendemain, la Science m'appelait en souriant, et je lui étais fidèle.

J'imagine que les femmes dites vertueuses

doivent être souvent la proie de ces tourbil-
lons de folie, de désirs et de passions qui s'é-
lèvent en nous, malgré nous. Ces rêves ne
sont pas sans charmes. Ils ressemblent à ces
causeries du soir, en hiver, quand nous par-
tons, de notre foyer, pour la Chine. Mais
qu'est-ce que devient la vertu, pendant ces
délicieux voyages où la pensée franchit tous
les obstacles ?...

XX.

Pendant les dix premiers mois de ma ré-
clusion, je menai la vie pauvre et solitaire que
je t'ai dépeinte, allant chercher moi-même,
dès le matin et sans être vu, mes provisions
pour la journée; faisant ma chambre; étant
tout ensemble, le maître, le serviteur, et dio-
génisant avec une incroyable fierté.

Mais après ce temps, pendant lequel l'hôtesse et sa fille espionnèrent mes mœurs et
mes habitudes, examinèrent ma personne
et comprirent ma misère peut-être, parce
qu'elles étaient elles-mêmes fort malheureu-
ses, il s'établit quelques liens entre elles et
moi.

La petite Pauline, cette charmante créature, dont les grâces naïves et secrètes m'a-
vaient en quelque sorte amené là, me rendit
quelques services qu'il me fut impossible de
refuser. Toutes les infortunes sont sœurs,
elles ont le même langage, la même générosité, la générosité de ceux qui, ne possédant
rien, sont prodigues de sentiment, paient de
leur temps et de leur personne.

Insensiblement Pauline s'impatronisa chez
moi. Elle voulut me servir, et sa mère ne s'y
opposa point. Je vis la mère elle-même rac-
commodant mon linge et rougissant d'être
surprise à cette charitable occupation. Malgré

moi, je devins leur protégé, j'acceptai leurs services.

Pour comprendre cette singulière amitié, il faut connaître l'emportement du travail, la tyrannie des idées et cette répugnance instinctive dont l'homme qui vit de la pensée est saisi pour tous les détails de la vie mécanique.

Pouvais-je résister à la délicate attention avec laquelle Pauline m'apportait, à pas muets, mon repas frugal, quand elle s'apercevait que, depuis sept ou huit heures, je n'avais presque rien pris?...

Avec les grâces de la femme et de l'enfance, elle me souriait, me faisant de la main un signe pour me dire que je ne devais pas la voir. C'était Ariel se glissant comme un sylphe sous mon toit, et prévoyant mes besoins.

Un soir, Pauline me raconta son histoire avec une touchante ingénuité. Son père était

chef d'escadron dans les grenadiers à cheval
de la garde impériale. Au passage de la Béré-
sina, il avait été fait prisonnier par les Russes. Plus tard, quand Napoléon proposa de
l'échanger, les autorités russes le firent vainement chercher en Sibérie. Au dire des autres prisonniers, il s'était échappé avec le pro-
jet d'aller aux Indes.

Depuis ce temps, madame Gaudin, mon
hôtesse, n'avait pu obtenir aucune nouvelle
de son mari. Les désastres de 1814 et 1815
étaient arrivés. Alors, se trouvant seule, sans
ressources et sans secours, elle avait pris le
parti de tenir un hôtel garni, pour faire vivre sa fille. Elle espérait toujours revoir son
mari.

Son plus cruel chagrin était de laisser Pauline sans éducation, sa Pauline, filleule de
la princesse Borghèse, et qui n'aurait pas dû
mentir aux belles destinées promises par sa
royale protectrice.

Quand madame Gaudin me confia cette amère douleur qui la tuait, et qu'elle me dit avec un accent déchirant :

— Je donnerais bien et le chiffon de papier qui a créé Gaudin baron de l'empire, et le droit que nous avons à la dotation de Wistchnau, pour savoir Pauline élevée à Saint-Denis. Ah! si l'empereur vivait...

Tout à coup, je tressaillis et j'eus l'idée, pour reconnaître tous les soins dont j'étais devenu l'objet, de m'offrir à faire l'éducation de Pauline. La candeur avec laquelle on accepta ma proposition fut égale à la naïveté qui la dictait.

J'eus ainsi des heures de récréation. Pauline avait les plus heureuses dispositions. Apprenant avec facilité, elle devint bientôt plus forte que moi sur le piano. Elle était toute grâce, toute gentillesse. Elle m'écoutait avec recueillement, arrêtant sur moi ses yeux noirs et veloutés qui semblaient sourire. Elle répé-

tait ses leçons d'un accent doux et caressant,
témoignant une joie enfantine quand j'étais
content d'elle. Sa mère, chaque jour plus in-
quiète d'avoir à préserver de tout danger une
jeune fille qui développait, en croissant,
toutes les promesses faites par ses grâces d'enfance, la vit avec plaisir, s'enfermer pendant
toute la journée, pour lire et apprendre des
leçons. Mon piano étant le seul dont elle pût
se servir, elle profitait de mes absences pour
étudier.

Quand je rentrais, je la trouvais chez moi,
dans la toilette la plus modeste; mais au
moindre mouvement qu'elle faisait, sa taille
élégante et souple, les attraits de sa personne
se révélaient sous l'étoffe grossière dont elle
était vêtue. Elle avait un pied mignon dans
d'ignobles souliers. C'était l'héroïne du conte
de Peau-d'Ane, une reine en esclavage.

Mais ses jolis trésors, sa richesse de jeune
fille, tout ce luxe de beauté fut comme perdu

pour moi. Je m'étais ordonné à moi-même de voir en Pauline une sœur. J'aurais eu horreur de tromper la confiance de sa mère.

Ainsi, j'admirais cette charmante fille comme un tableau, comme le portrait d'une maîtresse morte. C'était mon enfant, ma statue; et, Pygmalion nouveau, je voulais faire, d'une vierge vivante et colorée, sensible et parlante, — un marbre. J'étais très-sévère avec elle; mais plus je lui faisais éprouver les effets de mon despotisme magistral, plus elle devenait douce et soumise.

Si je fus encouragé dans ma retenue et dans ma continence par des sentimens nobles, les raisons de procureur ne me manquèrent pas. Je ne comprends point la probité des écus, sans la probité de la pensée. Tromper une femme ou faire faillite, a toujours été même chose pour moi. Aimer une jeune fille ou se laisser aimer par elle, constitue un vrai contrat, dont les conditions doivent être bien en-

tendues. Nous sommes maîtres d'abandonner
la femme qui se vend, mais non pas la jeune
fille qui se donne, car elle ignore l'étendue de
son sacrifice... Ainsi, j'aurais épousé Pauline,
et c'eût été une folie. N'était-ce pas livrer une
âme douce et vierge à d'effroyables malheurs?..
Mon indigence parlait son langage égoïste, et
venait toujours mettre sa main de fer entre
cette bonne créature et moi...

Puis j'avoue à ma honte que je ne conçois
pas l'amour dans la misère. Peut-être est-ce,
en moi, dépravation due à cette maladie humaine que nous nommons la Civilisation;
mais une femme, fût-elle attrayante autant que
la belle Hélène, la Galathée d'Homère, n'a
plus aucun pouvoir sur mes sens, si peu qu'elle
soit crottée. Ah! vive l'amour dans la soie,
sur le cachemire, entouré des merveilles du
luxe, qui le parent merveilleusement bien,
parce que lui-même est un luxe peut-être.
J'aime à froisser, sous mes désirs, de pimpan-

tes toilettes, à briser des fleurs, à porter une main dévastatrice dans les élégans édifices d'une coiffure embaumée... Des yeux brûlans cachés par un voile de dentelle que les regards déchirent comme la flamme perce la fumée du canon, m'offrent de fantastiques attraits. À mon amour, il faut des échelles de soie, montées en silence, par une nuit d'hiver. Quel plaisir d'arriver couvert de neige, dans une chambre éclairée par des parfums, tapissée d'or, de soie peintes... Et, comme moi, la femme aussi secoue de la neige... Quel autre nom donner à ces voiles de voluptueuses mousselines à travers lesquels elle se dessine vaguement comme un ange dans son nuage et qu'elle doit dépouiller ?... Et il me faut encore un craintif bonheur, une audacieuse sécurité... Enfin, je veux revoir cette femme mystérieuse; mais éclatante, mais au milieu du monde, mais vertueuse, environnée d'hommages, vêtue de dentelles, de diamans, donnant ses

ordres à la Ville, et si haut placée et si imposante que nul n'ose lui adresser de vœux...
Puis, elle me jette un regard à la dérobée, un
regard qui dément tout cela, un regard qui
me sacrifie le monde et les hommes!...

Certes, je me suis vingt fois trouvé ridicule
d'aimer quelques aunes de blonde, du velours,
de fines batistes, les tours de force d'un coif-
feur, des bougies, un carrosse, un titre, d'hé-
raldiques couronnes peintes par des vitriers
ou fabriquées par un orfévre, enfin tout ce
qu'il y a de factice et de moins *femme* dans
la femme. Je me suis moqué de moi, je me
suis raisonné. Tout a été vain. Une femme
aristocratique avec son sourire fin, la distinc-
tion de ses manières, et son respect d'elle-
même, m'enchante. Quand elle met une barrière entre elle et le monde, elle flatte en moi
toutes les vanités qui sont la moitié de l'a-
mour. Enviée par tous, ma félicité me paraît
avoir plus de saveur, plus de goût. En ne fai-

sant rien de ce que font les autres femmes ;
en ne marchant pas, ne vivant pas comme
elles ; en s'enveloppant dans un manteau
qu'elles ne peuvent avoir ; en respirant des
parfums à elle ; ma maîtresse me semble être
bien mieux à moi. Plus elle s'éloigne de la
terre, même dans ce que l'amour a de terrestre, et plus elle s'embellit à mes yeux. En
France, heureusement pour moi, nous sommes depuis vingt ans sans reine : j'eusse aimé
la reine !...

Pour avoir les façons d'une princesse, une
femme doit être riche. Or, en présence de
mes romanesques fantaisies, qu'était Pauline?... Pouvait-elle me vendre des nuits qui
coûtent la vie, un amour qui tue, et met en jeu
toutes les facultés humaines... Nous ne nous
tuons guère pour de pauvres filles qui se donnent...

Je n'ai jamais pu détruire ces sentimens ni
ces rêveries de poëte... J'étais né pour l'amour

impossible, et le hasard a voulu que je fusse
servi par delà mes souhaits.

Aussi, que de fois j'ai vêtu de satin les pieds
mignons de Pauline; emprisonné sa taille,
svelte comme un jeune peuplier, dans une
robe de gaze, jeté sur son sein une légère
écharpe; lui faisant fouler les tapis de son hôtel, et la conduisant à une voiture élégante...
Je l'eusse adorée ainsi. Je lui donnais une fierté
qu'elle n'avait pas; je la dépouillais de toutes
ses vertus, de ses grâces naïves, de son délicieux naturel, de son sourire ingénu, pour la
plonger dans le Styx de nos vices et lui rendre
le cœur invulnérable, pour la farder de nos
crimes, pour en faire la poupée fantasque de
nos salons, une femme fluette qui se couche
au matin pour renaître le soir, à l'aurore des
bougies... Elle était tout sentiment, toute fraî-
cheur, je la voulais sèche et froide.

Dans les derniers jours de ma vie, le souve-

nir m'a montré Pauline, comme il nous peint
les scènes de notre enfance ; et, plus d'une
fois, je suis resté attendri, songeant à de délicieux momens : soit que je la revisse, assise
près de ma table, occupée à coudre, paisible,
silencieuse, recueillie et faiblement éclairée
par le jour qui, descendant de ma lucarne,
dessinait de légers reflets argentés sur sa belle
chevelure noire ; soit que j'entendisse son rire
jeune, sa voix d'un timbre riche quand elle
chantait les gracieux cantilènes qu'elle composait sans efforts. Souvent elle s'exaltait en
faisant de la musique ; et alors, sa figure ressemblait d'une manière frappante à la noble
tête par laquelle Carlo Dolci a voulu repré-
senter la Poésie ou l'Italie...

Ma cruelle mémoire me jetait cette jeune
fille à travers les folies de mon existence
comme un remords, comme une image de la
vertu ! Mais laissons la pauvre enfant à sa destinée ! Si malheureuse qu'elle puisse être, au

LA PEAU DE CHAGRIN.

moins l'aurai-je mise à l'abri d'un effroyable orage, en évitant de la traîner dans mon enfer.

XXI.

Jusqu'à l'hiver dernier, ma vie fut la vie tranquille et studieuse dont j'ai tâché de te donner une faible image. Dans les premiers jours du mois de décembre 1829, je rencontrai Rastignac.

Malgré le misérable état de mes vêtemens,

il me donna le bras et s'enquit de ma fortune avec un intérêt vraiment fraternel...

Alors, je lui racontai brièvement et ma vie et mes espérances.

Il se mit à rire, me traita tout à la fois d'homme de génie et de sot. Sa voix gasconne, son expérience du monde, l'opulence qu'il devait à son savoir-faire, agirent sur moi d'une manière irrésistible.

Il me fit mourir à l'hôpital, méconnu comme un niais, conduisit mon propre convoi, me jeta dans le trou des pauvres. Il me parla de charlatanisme. Avec cette verve aimable qui le rend si séduisant, si entraînant, il me montra tous les hommes de génie comme des charlatans, et me déclara que j'avais un sens de moins, une cause de mort, si je restais, seul, rue des Cordiers. Selon lui, je devais aller dans le monde, égoïser adroitement, habituer les gens à prononcer mon nom et me dépouiller moi-même de l'humble *mon-*

sieur qui messeyait à un grand homme de son vivant.

— Les imbécilles, s'écria-t-il, nomment ce métier-là, *intrigue;* les gens à morale le proscrivent sous le mot de *vie dissipée.* Ne nous arrêtons pas aux hommes : interrogeons les choses et les résultats. Toi, tu travailles ?... Eh bien, tu ne feras jamais rien !

La dissipation, mon cher, est un système politique. La vie d'un homme occupé à manger sa fortune devient souvent une spéculation. Il place ses capitaux, en amis, en plaisirs, en protecteurs, en connaissances... Un négociant risque-t-il un million ?... Pendant vingt ans, il ne dort, ni ne boit, ni ne s'amuse; il couve son million; il le fait trotter par toute l'Europe; il s'ennuie, se donne à tous les démons que l'homme a inventés; puis, une faillite le laisse souvent sans un sou, sans un nom, sans un ami. Le dissipateur, lui, s'amuse à vivre, à faire courir ses chevaux; et si, par

hasard, il perd ses capitaux, il a' la chance
d'être nommé receveur général, de se marier,
d'être attaché à un ministre, à un ambassadeur... Il a encore des amis, une réputation,
et toujours de l'argent... Connaissant les ressorts du monde, il les manœuvre à son profit.
Ceci est-il logique, ou ne suis-je qu'un
fou ?..... N'est-ce pas là la moralité de la
comédie qui se joue tous les jours dans le
monde ?...

— Ton ouvrage est achevé, reprit-il après
une pause. Tu as un talent immense !... Eh
bien ! ce n'est rien. Voilà le point de départ.
Il faut maintenant faire ton succès toi-même,
cela est plus sûr. Tu iras conclure des alliances
avec les coteries, conquérir des prôneurs...
Moi, je veux me mettre de moitié dans ta
gloire, être le bijoutier qui aura monté ton
diamant.

— Pour commencer, dit-il, sois ici demain
soir. Je te présenterai dans une maison où va

tout Paris, notre Paris à nous : les beaux, les gens à millions, les célébrités, enfin les hommes qui parlent d'or comme Chrysostome. Quand ils ont adopté un livre, le livre devient à la mode ; et, s'il est réellement bon, ils ont donné quelque brevet de génie sans le savoir. Si tu as de l'esprit, mon cher enfant, tu feras toi-même la fortune de ta *Théorie*, en comprenant mieux la théorie de la fortune... En un mot, demain soir, tu verras Fœdora! la belle comtesse Fœdora, la femme à la mode.

— Je n'en ai jamais entendu parler.

— Tu es un Caffre!... dit Rastignac en riant. Ne pas connaître Fœdora!... Une femme à marier qui possède près de quatre-vingt mille livres de rentes, et qui ne veut de personne ou dont personne ne veut!... Espèce de problème féminin, une Parisienne à moitié Russe, une Russe à moitié Parisienne!... Une femme chez laquelle s'éditent toutes les productions romantiques qui ne paraissent pas... La plus belle femme de Paris, la plus gracieuse... Tu n'es même pas un Caffre, tu es la bête intermédiaire qui sépare le Caffre de l'animal. Adieu, à demain...

Il fit une pirouette et disparut sans attendre ma réponse, n'admettant pas qu'un homme raisonnable pût refuser d'être présenté à Fœdora.

Comment expliquer la fascination d'un nom !...

FOEDORA !...

Ce nom me poursuivit comme une mauvaise pensée, avec laquelle on cherche à transiger !... Une voix me disait :

— Tu iras chez Fœdora !

Et j'avais beau me débattre avec cette voix et lui crier qu'elle mentait, elle écrasait tous mes raisonnemens avec ce nom :

— Fœdora.

Mais ce nom, cette femme étaient le symbole de tous mes désirs et le thème de ma vie.

Le nom réveillait les poésies artificielles du
monde, en faisait briller les fêtes, la vanité,
les clinquans; la femme m'apparaissait avec
tous les problèmes de passion dont je m'étais
affolé. Ce n'était peut-être ni la femme ni le
nom, mais tous mes vices qui se dressaient
debout dans mon âme pour me tenter de nouveau.

La comtesse Fœdora, riche et sans amant,
résistant à des séductions parisiennes!...
C'était l'incarnation de mes espérances, de
mes visions. Je me créai une femme, je la des-
sinai dans ma pensée, je la rêvai.

Pendant la nuit, je ne dormis pas, je devins son amant; je fis tenir une vie entière,
une vie d'amour dans peu d'heures, j'en sa-
vourai les fécondes et pures délices.

Le lendemain, incapable de soutenir le
supplice d'attendre longuement la soirée,
j'allai louer un roman, et passai la journée
à le lire, me mettant ainsi dans l'impossibilité

de penser, de mesurer le temps. Pendant ma
lecture, le nom de Fœdora retentissait en
moi, comme un son que l'on entend dans le
lointain, qui ne vous trouble pas, mais qui
se fait écouter...

Je possédais heureusement encore, un habit
noir et un gilet blanc assez honorables; puis,
de toute ma fortune, il me restait environ
trente francs que j'avais semés dans mes har-
des, dans mes tiroirs, afin de mettre entre
une pièce de cent sous et mes fantaisies, la
barrière imposante d'une recherche et les
hasards d'une *circumnavigation* dans ma
chambre.

Au moment de m'habiller, je poursuivis
mon trésor à travers un océan de papiers. La
rareté du numéraire peut te faire concevoir
tout ce que mes gants et mon fiacre empor-
tèrent de richesses : ils mangèrent le pain de
tout un mois. Mais nous ne manquons jamais
d'argent pour nos caprices; nous ne discu-

tons que le prix des choses utiles ou nécessaires. Nous jetons l'or avec insouciance à des
danseuses, et nous marchandons un ouvrier
dont la famille affamée attend le paiement
d'un mémoire. Il semble que nous n'achetions
jamais le plaisir assez chèrement.

Je trouvai Rastignac fidèle au rendez-vous.
Il sourit de ma métamorphose, m'en plai-
santa; puis, tout en allant chez la comtesse,
il me donna de charitables conseils sur la manière de me conduire avec elle. Il me la pei-
gnit avare, vaine et défiante; mais avare avec
faste, vaine avec simplicité, défiante avec
bonhomie.

— Tu connais mes engagemens, me dit-il.
Tu sais combien je perdrais à changer d'a-
mour. En observant Fœdora, j'étais désin-
téressé, de sang-froid, mes remarques doivent être justes. Or, en pensant à te présenter
chez elle, je songeais à ta fortune : ainsi,
prends garde à tout ce que tu lui diras. Elle

a une mémoire cruelle. Elle est d'une adresse
à désespérer un diplomate, à deviner le moment où il dit vrai. Entre nous, je crois qu'elle
n'a jamais été mariée. L'ambassadeur de Rus-
rie s'est mis à rire quand je lui ai parlé d'elle;
il ne la reçoit pas et la salue fort légèrement
quand il la rencontre au bois. Cependant,
elle est de la société de madame de F..., va
chez mesdames de N..., de V... En France, sa
réputation est intacte. La maréchale de ***, la
plus *collet-monté* de toute la coterie Bonapar-
tiste, va souvent passer avec elle la belle saison
à sa terre. Beaucoup de jeunes fats et même le
fils d'un pair de France, lui ont offert un nom
en échange de sa fortune : elle les a tous poli-
ment éconduits. Peut-être sa sensibilité ne
commence-t-elle qu'au titre de comte! N'es-tu
pas marquis?... Ainsi, marche en avant si elle
te plaît! Voilà ce que j'appelle *donner des ins-
tructions.*

Cette plaisanterie me fit croire que Rastignac voulait rire et piquer ma curiosité, de sorte que ma passion improvisée était arrivée à son paroxisme quand nous nous arrêtâmes devant un péristyle orné de fleurs. En montant un vaste escalier tapissé, où je remarquai toutes les recherches du *comfortable* anglais, le cœur me battit; et j'en rougissais; car je démentais mon origine, mes sentimens, ma fierté. J'étais sottement bourgeois. Mais je sortais d'une mansarde, après trois années de pauvreté, ne sachant pas encore mettre au dessus des bagatelles de la vie, ces trésors acquis, ces immenses capitaux intellectuels qui vous font riche en un moment, quand le pouvoir tombe entre vos mains, sans vous écraser parce que l'étude vous a formé d'avance aux luttes politiques.

XXII.

J'aperçus une femme d'environ vingt-deux ans, de moyenne taille, vêtue de blanc, entourée d'un cercle d'hommes, mollement couchée sur une ottomane, et tenant à la main un écran de plumes.

En voyant entrer Rastignac, elle se leva, vint à nous; et, souriant avec grâce, elle me fit d'une voix singulièrement mélodieuse, un compliment sans doute apprêté. Notre ami m'avait annoncé comme un homme de talent. Son adresse et son emphase gasconne me procurèrent un accueil flatteur. Je fus l'objet d'une attention particulière dont je devins confus; mais Rastignac avait heureusement parlé de ma modestie. Je rencontrai là des savans, des gens de lettres, d'anciens ministres, des pairs de France.

La conversation reprit son cours quelque temps après mon arrivée; et, sentant que j'avais une réputation à soutenir, je me rassurai; puis, je tâchai, sans abuser de la parole quand elle m'était accordée, de résumer les discussions par des mots plus ou moins incisifs, tantôt profonds, tantôt spirituels. Je produisis quelque sensation; et, pour la première fois de sa vie, Rastignac fut prophète.

Quand il y eut assez de monde pour que chacun retrouvât sa liberté, mon introduc-

teur me donna le bras et nous nous prome-
nâmes dans les appartemens.

— N'aie pas l'air d'être trop émerveillé de
la princesse, me dit-il ; car elle pourrait deviner le motif de ta visite...

Les salons étaient meublés avec un goût
exquis. J'y vis des tableaux de choix. Chaque
pièce avait, comme chez les Anglais les plus
opulens, son caractère particulier ; et, alors,
la tenture de soie, les agrémens, la forme des
meubles, le moindre décor s'harmoniait avec
la pensée première. Ainsi, dans un boudoir
gothique, dont les portes étaient cachées par
des rideaux en tapisserie, les encadremens
de l'étoffe, la pendule, les dessins du tapis
étaient gothiques ; le plafond, formé de so-
lives brunes sculptées, présentait à l'œil des
caissons pleins de grâce et d'originalité ; les
boiseries en étaient artistement travaillées ;
et rien ne détruisait l'ensemble de cette jolie

décoration, pas même les croisées, dont les vitraux étaient coloriés et précieux.

Je fus surpris à l'aspect d'un petit salon moderne, où je ne sais quel artiste avait épuisé la science de notre décor si léger, si frais, si suave, sans éclat, et sobre de dorures. C'était amoureux et vague comme une ballade allemande; vrai réduit taillé pour une passion de 1827, embaumé par des jardinières pleines de fleurs rares, et à la suite duquel j'aperçus en enfilade, une pièce dorée, où revivait le goût du siècle de Louis XIV, et qui, opposé à nos peintures actuelles, produisait un bizarre, mais agréable contraste.

— Ici, tu seras assez bien logé!... me dit Rastignac avec un sourire où perçait une légère ironie. N'est-ce pas séduisant?... ajouta-t-il en s'asseyant.

Mais, tout à coup il se leva, me prit par la main, et me conduisit à la chambre à coucher; puis, me montrant, sous un dais de

mousseline et de moire blanches, un lit voluptueux, doucement éclairé, le vrai lit d'une
jeune fée fiancée à un génie :

— N'y a-t-il pas, s'écria-t-il à voix basse,
de l'impudeur, de l'insolence, de la coquetterie outre mesure à nous laisser contempler
ce trône de l'amour ?... Ne se donner à personne et permettre à tout le monde de mettre
là sa carte !... Ah ! si j'étais libre, je voudrais
voir cette femme soumise et pleurant à ma
porte...

— Es-tu donc si certain de sa vertu ?...

— Les plus audacieux de nos maîtres, les
plus habiles ont échoué, l'ont avoué, lui sont
restés fidèles, l'aiment encore et sont ses
amis dévoués... Cette femme n'est-elle pas une
énigme ?

Ces paroles excitèrent en moi une sorte
d'ivresse. Ma jalousie craignait déjà le passé.
Tressaillant d'aise, je revins précipitamment
dans le salon où j'avais laissé la comtesse. Je

la rencontrai dans le boudoir gothique. Elle m'arrêta par un sourire, me fit asseoir près d'elle, me questionna sur mes travaux, et parut s'y intéresser vivement quand, au lieu de vanter en langage de professeur l'importance de ma découverte, je lui traduisis mon système en plaisanteries.

Je la fis beaucoup rire en lui disant que la volonté humaine était une force matérielle, semblable à la vapeur; et que, dans le monde moral, rien ne résistait à cette puissance quand un homme s'habituait à la concentrer, à en manier la somme, à diriger constamment, sur les autres âmes, la projection de cette masse fluide; et qu'il pouvait, à son gré, tout modifier relativement à l'homme, même certaines lois de la nature...

Elle me fit des objections qui me révélèrent en elle une certaine finesse d'esprit. Je m'amusai malicieusement à lui donner raison pendant quelques momens pour la flatter;

mais je détruisis ses raisonnemens de femme par un mot ou en attirant son attention sur un fait journalier dans la vie, fait vulgaire en apparence, mais au fond plein de problèmes insolubles pour le savant.

Je piquai sa curiosité. Elle resta même un instant silencieuse quand je lui dis que nos idées étaient des êtres organisés, complets, vivant dans un monde invisible à nos regards, mais qui influaient sur nos destinées, lui donnant pour preuve les pensées de Descartes, de Napoléon, de Diderot, qui avaient conduit, qui conduisaient encore tout un siècle...

J'eus l'honneur de l'amuser. Elle me quitta, en m'invitant à la venir voir. En style de cour, elle me donna mes entrées.

Soit que je prisse, selon ma louable habitude, des formules polies pour des paroles de cœur; soit qu'elle me crût destiné à quelque célébrité prochaine; ou que, réellement, elle

voulût augmenter sa ménagerie de savans, je
me flattai d'avoir su lui plaire.

Appelant à mon secours toutes mes connaissances physiologiques et mes études antérieu-
res sur la femme, je consacrai le reste de la
soirée à l'examen le plus minutieux de sa personne et de ses manières.

Caché dans l'embrasure d'une fenêtre, je
la vis allant et venant, s'asseyant et causant,
ou appelant un homme, l'interrogeant et s'ap-
puyant, pour l'écouter, sur un chambranle de
porte. Je reconnus dans sa démarche un mouvement brisé si doux, une ondulation de robe
si gracieuse, elle excitait si puissamment le
désir, que je devins alors très-incrédule sur sa
vertu. Si Fœdora méconnaissait aujourd'hui
l'amour, elle avait dû jadis être fort passionnée... Il y avait de la volupté jusque dans la
manière dont elle se posait devant son interlocuteur. Se soutenant sur la boiserie avec
coquetterie, comme une femme prête à tomber

ou à s'enfuir, mais restant là, les bras mollement croisés, en paraissant respirer les paroles, en les écoutant même du regard et avec
bienveillance, elle exhalait le sentiment.

Puis, ses lèvres fraîches, rouges, tranchaient
sur un teint d'une vive blancheur. Ses cheveux bruns faisaient assez bien valoir la couleur orangée de ses yeux mêlés de veines
comme une pierre de Florence, et dont l'expression semblait ajouter de la finesse à ses
paroles. Son corsage était paré des grâces les
plus attrayantes. Mais une rivale aurait peut-
être accusé de dureté ses épais sourcils qui
paraissaient se rejoindre, et remarqué je ne
sais quel duvet imperceptible dont les contours de son visage étaient ornés.

Enfin je trouvai la passion empreinte en
tout, l'amour écrit sur ses paupières italiennes,
sur ses belles épaules dignes de la Vénus de
Milo, dans ses traits, sur sa lèvre supérieure

un peu forte et légèrement ombragée. — Il y
avait certes tout un roman dans cette femme!...

Ces richesses féminines, cet ensemble har-
monieux des lignes, les promesses faites à
l'amour que je lisais dans cette structure,
étaient tempérées, il est vrai, par une réserve
constante, par une modestie extraordinaire,
qui contrastaient avec l'expression de toute
la personne. Il fallait une observation aussi
sagace que la mienne pour découvrir, dans
cette nature, les signes d'une destinée de volupté. Pour expliquer plus clairement ma
pensée, il y avait en elle deux femmes séparées,
par le buste peut-être : l'une était froide, tandis que la tête seule semblait être amoureuse.
Avant d'arrêter ses yeux sur un homme, elle
préparait son regard comme s'il se passait je
ne sais quoi de mystérieux en elle-même; vous
eussiez dit une convulsion ; mais ses yeux
étaient brillans et beaux. Enfin, ou ma science
était imparfaite, et j'avais encore bien des

secrets à découvrir dans le monde moral ; ou
la comtesse possédait une belle âme, dont les
sentimens et les émanations communiquaient
à sa physionomie ce charme qui nous subju-
gue, nous fascine, ascendant tout moral et
d'autant plus puissant qu'il s'accorde avec les
sympathies du désir.....

Je sortis ravi ; séduit par cette femme, eni-
vré par son luxe, chatouillé dans tout ce que
mon cœur avait de noble, de vicieux, de bon,
de mauvais. Alors, en me sentant si ému, si
vivant, si exalté, je crus comprendre l'attrait
qui amenait, chez cette femme, tous ces artistes, ces diplomates, ces hommes de pouvoir
et ces agioteurs doublés de tôle comme leurs
caisses. Sans doute, ils venaient chercher près
d'elle l'émotion délirante qui faisait vibrer en
moi toutes les forces de mon être, fouettait
mon sang dans la moindre veine, agaçait le
plus petit nerf et tressaillait dans mon cerveau!... Elle ne s'était donnée à aucun pour

les garder tous. Une femme est coquette tant qu'elle n'aime pas...

— Puis, dis-je à Rastignac, elle a peut-être été mariée ou vendue à quelque vieillard, et le souvenir de ces premières noces lui donne de l'horreur pour l'amour...

Je revins à pied du faubourg Saint-Honoré où Fœdora demeure. Entre son hôtel et la rue des Cordiers il y a presque tout Paris; mais le chemin me parut court, et cependant il faisait froid. Entreprendre la conquête de Fœdora, dans l'hiver, un rude hiver, quand je n'avais pas trente francs en ma possession, quand la distance qui nous séparait était si grande!... Un jeune homme pauvre peut, seul, savoir ce qu'une passion coûte en voitures, en gants, habits, linge, etc.!... Et, si l'amour reste un peu trop de temps platonique, il devient ruineux... Vraiment, il y a des Lauzun de l'École de Droit auxquels il est impossible

d'approcher d'une passion logée à un premier
étage!...

Et comment pouvais-je lutter, moi, faible,
grêle, mis simplement, pâle et have comme
un artiste en convalescence d'un ouvrage,
avec des jeunes gens bien frisés, jolis, pim-
pans, cravatés à désespérer la Croatie tout entière, riches, armés de tilburys et d'impertinence...

— Bah! Fœdora ou la mort!... criais-je
au détour d'un pont. Fœdora, c'est la fortune!...

Et le beau boudoir gothique et le salon à
la Louis XIV passèrent devant mes yeux; et
je la voyais, elle, la comtesse, avec sa robe
blanche, ses grandes manches gracieuses, et
sa séduisante démarche et son corsage tenta-
teur...

Quand j'arrivai dans ma mansarde nue,
froide, aussi mal peignée que le sont les per-
ruques d'un naturaliste, j'étais encore envi-

ronné par toutes les images du luxe prodigieux
de Fœdora... Ce contraste était un mauvais
conseiller. Les crimes ne doivent pas naître
autrement. Alors je maudis, en frissonnant
de rage, ma décente et honnête misère, ma
mansarde féconde où tant de pensées avaient
surgi..... Je demandai compte à Dieu, au diable, à l'état social, à mon père, à l'univers
entier, de ma destinée, de mon malheur, et je
me couchai tout affamé, grommelant de risi-
bles imprécations, mais bien résolu de séduire
Fœdora.

Ce cœur de femme était un dernier billet
de loterie chargé de ma fortune...

XXIII.

Je te ferai grâce de mes premières visites chez Fœdora, pour arriver promptement au drame.

Tout en tâchant de m'adresser à son âme, j'essayai de gagner son esprit, d'avoir sa vanité pour moi. Afin d'être sûrement aimé, je lui donnai mille raisons de mieux s'aimer elle-

même. Jamais je ne la laissai dans un état d'indifférence; car les femmes veulent des émotions à tout prix, et je les lui prodiguais. Je
l'eusse mise en colère plutôt que de la voir
insouciante avec moi.

Si d'abord, animé d'une volonté ferme et
du désir de me faire aimer, je pris un peu
d'ascendant sur elle; bientôt, ma passion
grandit, je ne fus plus maître de moi; je tombai dans le vrai, je me perdis. Je devins éper-
dument amoureux.

Je ne sais pas bien ce que nous appelons
en poésie ou dans la conversation *l'amour*;
mais, le sentiment qui se développa tout à
coup dans ma double nature, je ne l'ai trouvé
peint nulle part : ni dans les phrases rhétori-
ciennes et apprêtées de J.-J. Rousseau, dont
j'occupais peut-être le logis; ni dans les froides conceptions de nos deux siècles littéraires;
ni dans les tableaux de l'Italie... Quelques motifs de Rossini, la Madone du Murillo que

possède le maréchal Soult, les lettres de la
Lescombat, certains mots épars dans les re-
cueils d'anecdotes, mais surtout les prières
des extatiques et quelques passages de nos fa-
bliaux naïfs, ont pu seuls me transporter dans
les divines régions de mon amour...

Rien dans les langages humains, aucune
traduction de la pensée, faite à l'aide des
couleurs, des marbres, des mots ou des sons,
ne saurait rendre le nerf, la vérité, le fini, la
soudaineté du sentiment dans l'âme! Oui!
qui dit art, dit mensonge.

L'amour passe par des transformations in-
finies avant de se mêler pour toujours à nôtre vie et de la teindre à jamais. Le secret de
cette infusion imperceptible échappe à l'analyse de l'artiste. La vraie passion s'exprime par
des cris, par des soupirs, ennuyeux à l'homme
froid. Il faut lire un livre d'amour, *Clarisse
Harlowe*, au moment où l'on aime, pour rugir
avec Lovelace... L'amour est une source

naïve, partie de son lit de cresson, de fleurs,
de gravier, qui, rivière, fleuve, change de nature et d'aspect à chaque flot; puis, se jette
dans un océan incommensurable, où les esprits incomplets voient de la monotonie, où
les grandes âmes s'abîment en de perpétuelles
contemplations... Comment oser décrire ces
teintes transitoires du sentiment, ces riens
qui ont tant de prix, ces mots dont l'accent
épuise tous les trésors du langage, ces regards
plus féconds en pensées et plus beaux que des
poëmes?... Dans chacune des scènes mystiques
par lesquelles nous nous éprenons insensiblement d'une femme, il y a un abîme, à engloutir toutes les poésies humaines.

Eh! comment pourrions-nous reproduire,
par des gloses, les vives et mystérieuses agitations de l'âme, quand les paroles nous man-
quent pour peindre, même les mystères visibles de la beauté? Quelles fascinations!...
Combien d'heures ne suis-je pas resté, plongé

dans une extase ineffable, occupé à la voir.
Heureux... de quoi ?... Je ne sais.

Dans ces momens, si son visage était inondé
de lumière, il s'y opérait je ne sais quel phénomène qui le faisait resplendir. L'imperceptible duvet dont sa peau délicate et fine est
couverte en dessinait mollement les contours
avec la grâce que nous admirons dans les lignes lointaines de l'horizon quand elles se
perdent dans le soleil. Il semblait que le jour
la caressât en s'unissant à elle ou qu'il s'échap-
pât de sa rayonnante figure une lumière plus
vive que la lumière même.

Puis, une ombre passant sur cette douce
figure y produisait une sorte de couleur qui
en variait les expressions en en changeant les
teintes. Souvent, une pensée semblait se
peindre sur son front de marbre; son œil
paraissait rougir; sa paupière vacillait; ses
traits ondulaient, poussés par un sourire; le
corail intelligent de ses lèvres s'animait, se

dépliait, se repliait ; je ne sais quel reflet de
ses cheveux jetait des tons bruns sur ses tempes fraîches. Eh bien !... à chaque accident,
elle avait parlé. C'étaient, à chaque nuance de
beauté, des fêtes nouvelles pour mes yeux, ou
des grâces inconnues qui se révélaient à mon
cœur. Je voulais lire un sentiment, un espoir
dans toutes ces phases du visage. Ces discours
muets pénétraient d'âme à âme comme un son
dans l'écho, me prodiguant des joies passa-
gères qui me laissaient des impressions pro-
fondes... Sa voix me causait un délire que j'a-
vais peine à comprimer. Imitant je ne sais
quel prince de Lorraine, j'aurais pu ne pas sentir un charbon ardent au creux de ma main
pendant qu'elle aurait passé dans ma chevelure ses doigts chatouilleux. Ce n'était plus
une admiration, un désir, mais un charme,
une fatalité...

Souvent, rentré sous mon toit, je voyais
indistinctement Fœdora chez elle, et je parti-

cipais vaguement à sa vie. Si elle souffrait, je souffrais, et lui disais le lendemain :

— Vous avez souffert.

Que de fois n'est-elle pas venue au milieu de la nuit silencieuse, évoquée par la puissance de mon extase!... Alors, tantôt soudaine, comme une lumière qui jaillit, elle me faisait quitter la plume, elle effarouchait la Science et l'Étude qui s'enfuyaient désolées. Me forçant à l'admirer, elle se mettait dans la pose attrayante où je l'avais vue naguère... Tantôt, moi-même, j'allais au devant d'elle, dans le monde des apparitions, et la saluais comme une espérance, lui demandais de me faire entendre sa voix argentine... puis, je me réveillais... pleurant.

Un jour, après m'avoir promis de venir au spectacle avec moi; tout à coup, elle refusa capricieusement de sortir, et me pria de la laisser seule. Désespéré d'une contradiction qui me coûtait une journée de travail; et —

le dirais-je ?... mon dernier écu !... je me rendis là , où elle aurait dû être , voulant voir la
pièce qu'elle avait désiré voir.

A peine placé , je reçus un coup électrique
dans le cœur. Une voix me dit :

— Elle est là !...

Je me retourne, j'aperçois la comtesse au
fond de sa loge, et cachée dans l'ombre, au
rez-de-chaussée ! Ah ! mon regard n'hésita
pas. Mes yeux la trouvèrent tout d'abord avec
une sécurité , une lucidité fabuleuse. Mon âme
avait volé vers sa sphère, vers sa vie, comme
un insecte d'azur vole à sa fleur. — Par quoi
mes sens avaient-ils été avertis ? — Il y a de
ces tressaillemens intimes qui peuvent sur-
prendre les gens superficiels; cependant, ce
sont des effets de notre nature intérieure
aussi simples que les phénomènes habituels
de notre vision extérieure. Aussi , ne fus-je
pas étonné, mais fâché. Mes études sur la puissance morale dont nous méconnaissons les

jeux, servaient au moins à me faire rencontrer
dans ma passion quelques preuves vivantes
de mon système... Cette alliance du savant et
de l'amoureux, d'une idolâtrie cordiale et d'un
amour scientifique, avait je ne sais quoi de
bizarre. La science était souvent contente de
ce qui désespérait l'amant, et l'amant chas-
sait, loin de lui, la science avec bonheur
quand il croyait triompher.

Fœdora me vit; et, alors, elle devint sé-
rieuse. Je la gênais. Au premier entr'acte,
j'allai lui faire une visite.—Elle était seule. —
Je restai. Quoique nous n'eussions jamais
parlé d'amour, je pressentis une explication.
Je ne lui avais point encore dit mon secret, et
cependant il existait entre nous une sorte
d'entente. Elle me confiait ses projets d'amu-
sement, et me demandait la veille, avec une
sorte d'inquiétude amicale, si je viendrais le
lendemain; elle me consultait par un regard
quand elle disait un mot spirituel, comme si

elle eût voulu me plaire exclusivement. Si je boudais, elle devenait caressante ; si elle faisait la fâchée, j'avais en quelque sorte le droit de l'interroger, et si j'étais coupable d'une faute, elle se laissait long-temps supplier avant de me pardonner. Il y avait de l'amour dans ces querelles et nous y prenions goût. Elle y déployait tant de grâces et de coquetterie ; et, moi, j'y trouvais tant de bonheur !.....

En ce moment, notre intimité fut tout-à-fait suspendue, et nous restâmes, l'un devant l'autre, comme deux étrangers. La comtesse était glaciale ; et, moi, dans l'appréhension d'un malheur.

—Vous allez m'accompagner !... me dit-elle quand la pièce fut finie.

Le temps avait changé subitement. Lorsque nous sortîmes, il tombait une neige mêlée de pluie. La voiture de Fœdora ne pouvant arriver jusqu'à la porte du théâtre, un commissionnaire étendit son parapluie au dessus de nos têtes en voyant une femme bien mise obligée de traverser le boulevard. Quand nous fûmes montés, il réclama le prix de son bon office. — Je n'avais rien !... J'eusse alors vendu dix ans de ma vie pour deux sous.... Tout ce qui fait l'homme et ses mille vanités furent écrasés en moi par une douleur infernale.

Ces mots : — Je n'ai pas de monnaie, mon cher !... furent dits d'un ton dur qui parut venir de ma passion contrariée, dits par moi, frère de cet homme, moi qui connaissais si bien le malheur !... Moi qui, naguère, avais donné sept cent mille francs avec tant de facilité !

Le valet repoussa le commissionnaire, et les chevaux fendirent l'air.

En revenant à son hôtel, Fœdora, distraite ou affectant d'être préoccupée, répondit par de dédaigneux monosyllabes à mes demandes ou à mes remarques. Alors, je gardai le silence.

— Ce fut un horrible moment. — Arrivés chez elle, nous nous assîmes devant le feu; puis, quand le valet de chambre se fut retiré après avoir attisé le feu, la comtesse, se tournant vers moi d'un air indéfinissable, me dit avec une sorte de solennité:

— Depuis mon retour en France, ma fortune a tenté quelques jeunes gens. J'ai reçu des déclarations d'amour qui auraient pu satisfaire ma vanité. J'ai même rencontré des hommes dont l'affection était sincère, profonde, et qui m'eussent encore épousée, je veux bien le croire, s'ils n'avaient trouvé en moi qu'une fille pauvre telle que je l'étais jadis. Enfin, sachez, monsieur de Valentin, que de nouvelles richesses et des titres nouveaux m'ont été offerts... Mais, apprenez aussi, que je n'ai jamais revu les personnes assez mal inspirées pour m'avoir parlé d'amour. Si mon affection pour vous était légère, je ne vous donnerais pas un avertissement dans lequel il entre plus d'amitié que d'orgueil. Une femme s'expose à recevoir un mauvais compliment lorsque, se supposant aimée, elle se refuse, par avance, à un sentiment toujours flatteur.... Je connais les scènes d'Arsinoë, d'Araminte; ainsi, je me suis familiarisée avec les réponses que je puis entendre en pareille circonstance. Mais j'espère ne pas être mal jugée par un homme supérieur pour lui avoir montré franchement mon âme.

Elle s'exprimait avec le sang-froid d'un avoué, d'un notaire, expliquant à leurs cliens les moyens d'un procès ou les articles d'un contrat. Le timbre clair et séducteur de sa voix n'accusait pas la moindre émotion. Seulement, sa figure et son maintien, toujours nobles et décens, me semblèrent avoir une froideur, une sécheresse diplomatiques. Elle avait sans doute médité ses paroles et fait le

programme de cette scène. Oh ! mon cher ami,
quand certaines femmes trouvent du plaisir à
nous déchirer le cœur ; quand elles se sont
promis d'y enfoncer un poignard et de le retourner dans la plaie... Ces femmes-là sont
adorables !... Elles aiment ou veulent être ai-
mées. Un jour, elles nous récompenseront de
nos douleurs... comme Dieu doit, dit-on, ré-
munérer nos bonnes œuvres : elles nous rendront en plaisirs le centuple du mal dont elles
ont dû apprécier la violence... Il y a de la passion dans leur méchanceté. Mais être torturé
par une femme qui ne croit pas nous faire
souffrir, par une femme qui nous tue avec indifférence... Oh ! c'est un supplice atroce !... En
ce moment, Fœdora marchait, sans le savoir,
sur toutes mes espérances, brisait ma vie et
détruisait mon avenir, avec la froide insouciance et l'innocente cruauté d'un enfant
qui, par curiosité, déchire les ailes d'un pa-
pillon.

— Plus tard, ajouta Fœdora, vous reconnaîtrez, je l'espère, la solidité de l'affection que j'offre à mes amis... Pour eux, vous me trouverez toujours bonne et dévouée... Je saurais leur donner ma vie; mais vous me mépriseriez, si je subissais l'amour sans le partager..... Je m'arrête!..... Vous êtes le seul homme auquel j'aie encore dit ces derniers mots...

D'abord les paroles me manquèrent et j'eus peine à maîtriser l'ouragan qui s'élevait en moi; mais bientôt, refoulant mes sensations au fond de mon âme, je me mis à sourire.

— Si je vous dis que je vous aime, répondis-je, vous me bannirez; si je m'accuse d'indifférence, vous m'en punirez; car les prêtres, les magistrats et les femmes ne dépouillent jamais entièrement leur robe. Le silence ne préjugeant rien, trouvez bon, Madame, que je me taise. Pour m'avoir adressé de si fraternels avertissemens, il faut que vous ayez craint

de me perdre, et cette pensée pourrait satisfaire à mon orgueil... Mais laissons la personnalité loin de nous. Vous êtes, peut-être, la
seule femme avec laquelle je puisse discuter
en philosophe une résolution si contraire aux
lois de la nature. Relativement aux autres
sujets de votre espèce, vous êtes un phénomène. Et bien ! cherchons ensemble, de
bonne foi, la cause de cette anomalie psyco-
logique...

Y a-t-il, en vous, comme chez beaucoup
de femmes, fières d'elles-mêmes, amoureuses
de leurs perfections, un sentiment d'égoïsme
raffiné qui vous fasse prendre en horreur
l'idée d'appartenir à un homme, d'abdiquer
votre vouloir, et d'être soumise à une supériorité de convention qui vous offense.....
Alors vous me sembleriez mille fois plus
belle !...

Auriez-vous été maltraitée une première
fois par l'amour ?

Peut-être ne voulez-vous pas laisser gâter votre taille délicieuse et vos adorables beautés par les soins de la maternité ?... Ne serait-ce pas une de vos raisons secrètes pour vous refuser à être trop bien aimée ?...

Avez-vous des imperfections qui vous rendent vertueuse malgré vous ? ne vous fâchez pas. Je discute, j'étudie, je suis à mille lieues de la passion. La nature fait des aveugles de naissance; elle peut bien créer des femmes sourdes, muettes et aveugles en amour..... Vraiment vous êtes un sujet précieux pour l'observation médicale ! Vous ne savez pas tout ce que vous valez...

Vous pouvez avoir un dégoût fort légitime pour les hommes, et je vous approuve; ils me paraissent tous laids et odieux.

Mais vous avez raison, ajoutai-je en sentant mon cœur se gonfler : vous devez nous mépriser... Il n'existe pas d'homme qui soit digne de vous !...

Je ne te dirai pas tous les sarcasmes que je
lui débitai, mais en riant... Eh bien! la parole
la plus acérée, l'ironie la plus aiguë ne lui
arrachèrent pas même un mouvement, un
geste de dépit. Elle m'écoutait en gardant sur
les lèvres, dans les yeux , son sourire d'habitude, ce sourire qu'elle prenait comme un
vêtement et toujours le même pour ses amis,
pour ses simples connaissances , pour les
étrangers.

— Ne suis-je pas bien bonne de me laisser
mettre ainsi sur un amphithéâtre?... dit-elle
en saisissant un moment pendant lequel je la
regardais en silence.

— Vous voyez, continua-t-elle en riant,
que je n'ai pas de sottes susceptibilités en
amitié!... Beaucoup de femmes puniraient
votre impertinence en vous faisant fermer
leur porte...

— Vous pouvez me bannir de chez vous

sans même être tenue de donner la raison de vos sévérités...

En disant cela, je me sentais prêt à la tuer si elle m'avait congédié.

— Vous êtes fou!... s'écria-t-elle en souriant.

— Avez-vous jamais songé, repris-je, aux effets d'un violent amour? Un homme au désespoir a souvent assassiné sa maîtresse.

— Il vaut mieux être morte que malheureuse, répondit-elle froidement. Un homme aussi passionné doit, un jour, abandonner sa femme et la laisser sur la paille, après lui avoir mangé sa fortune...

Cette arithmétique m'abasourdit. Je vis clairement un abîme entre cette femme et moi. Nous ne pouvions jamais nous comprendre.

— Adieu, lui dis-je froidement.

— Adieu, répondit-elle en inclinant la tête d'un air amical. A demain.

Je la regardai pendant un moment, en lui

dardant tout l'amour auquel je renonçais. Elle était debout, me jetant son sourire banal, le détestable sourire d'une statue de marbre, sec et poli, paraissant exprimer l'amour, mais froid.

XXIV.

Concevras-tu bien, mon cher, toutes les
douleurs dont je fus assailli, en revenant chez
moi, par la pluie et la neige, en marchant
sur le verglas des quais, pendant une lieue,
ayant tout perdu!... Oh! savoir qu'elle ne
pensait seulement pas à ma misère et me
croyait, comme elle, riche et doucement voi-

turé... Que de ruines et de déceptions!... Il ne s'agissait plus d'argent, mais de toutes les fortunes de mon âme...

J'allais au hasard, discutant avec moi-même les mots de cette étrange conversation, et je m'égarais si bien dans mille commentaires que je finissais par douter de la valeur nominale des paroles, des idées!... Et j'aimais toujours, j'aimais cette femme froide dont le cœur voulait être conquis à chaque heure, et qui, effaçant les promesses de la veille, se produisait le lendemain comme une maîtresse toute nouvelle.

En tournant sous les guichets de l'Institut, un mouvement fiévreux me saisit. Je me souvins alors que j'étais à jeun. Je ne possédais pas un denier. Pour comble de malheur, la pluie déformait mon chapeau, le détruisait... Comment pouvoir aborder désormais une femme élégante, et me présenter dans un salon sans un chapeau mettable!...

Grâce à des soins extrêmes, et tout en mau-
dissant la mode niaise et sotte qui nous con-
damne à exhiber la coiffe de nos chapeaux
en les gardant constamment à la main, j'a-
vais maintenu le mien dans un état douteux.

— Sans être curieusement neuf, ou sèche-
ment vieux, dénué de barbe, ou très-soyeux,
il pouvait passer pour un chapeau problématique; c'était le chapeau d'un homme soi-
gneux; mais son existence artificielle arrivait
à son dernier période : il était blessé, déjeté,
fini, — véritable haillon, digne représentant
de son maître...

Faute de trente sous, je perdais mes derniers vêtemens...

Ah! que de sacrifices ignorés j'avais faits
à Fœdora depuis trois mois! Souvent, je con-
sacrais l'argent nécessaire au pain d'une semaine pour aller la voir un moment. Quitter
mes travaux et jeûner... ce n'était rien !... —
Mais, traverser les rues de Paris sans se lais-

ser éclabousser, courir pour éviter la pluie,
arriver chez elle aussi élégant que les fats
dont elle était entourée... Ah! pour un poëte
amoureux et distrait, cette tâche avait d'innombrables difficultés..... Mon bonheur, mon
amour dépendre d'une moucheture de boue
sur mon seul gilet blanc!.... Renoncer à la
voir, si je me crottais, si je me mouillais... Ne
pas posséder cinq sous pour faire effacer, par
un décrotteur, une légère empreinte de fange
sur ma botte... Ma passion s'était augmentée
de tous ces petits supplices inconnus, mais
immenses chez un homme irritable.

Les malheureux ont des devouemens dont
il ne leur est point permis de parler aux femmes vivant dans une sphère de luxe et d'élégance. Elles voient le monde à travers un
prisme qui teint en or les hommes et les choses. Optimistes par égoïsme, cruelles par bon
ton, elles s'exemptent de réfléchir, au nom
de leurs jouissances, et s'absolvent, de leur

indifférence au malheur, par l'entraînement du plaisir. Pour elle, un denier n'est jamais un million; c'est le million qui leur semble un denier... Si l'amour doit plaider sa cause par de grands sacrifices, il doit aussi les couvrir délicatement d'un voile, les ensevelir dans le silence; mais en prodiguant leur fortune, leur vie, en se dévouant, les hommes riches profitent des préjugés mondains qui donnent toujours un certain éclat à leurs amoureuses folies : alors, pour eux, le silence parle, et le voile est une grâce; tandis que mon affreuse détresse me condamnait à d'épouvantables souffrances, sans qu'il me fût permis de dire : — J'aime ! — ou — Je meurs !... Était-ce du dévouement après tout? N'étais-je pas richement récompensé par le plaisir que j'éprouvais à tout immoler pour elle ?... La comtesse avait donné d'extrêmes valeurs, attaché d'excessives jouissances aux accidens les plus vulgaires de ma vie... Naguère insouciant en fait de toilette, je respectais maintenant mon habit comme un autre moi-même. Je l'aimais. Entre une blessure à recevoir et la déchirure de mon frac, je n'aurais pas hésité!...

Tu dois alors épouser ma situation et comprendre les rages de pensées, la frénésie croissante dont je fus la proie en marchant, et que peut-être la marche animait encore. J'éprouvais je ne sais quelle joie infernale à me trouver au faîte du malheur. Je voulais voir un présage de fortune dans cette dernière crise; mais le mal a des trésors sans fonds!...

La porte de mon hôtel était entr'ouverte; et, à travers les découpures en forme de cœur pratiquées dans le volet, j'aperçus une lumière projetée dans la rue. Pauline et sa mère causaient en m'attendant. J'entendis prononcer mon nom. J'écoutai.

— Monsieur Raphaël, disait Pauline, est bien mieux que l'étudiant du numéro *sept!...*

Ses cheveux blonds sont d'une si jolie couleur.
Ne trouves-tu pas quelque chose dans sa voix...
— je ne sais pas, moi... quelque chose qui vous
remue le cœur?... Et puis, quoiqu'il ait l'air
un peu fier, il est si bon, il a des manières si
distinguées. — Oh! il est vraiment très-bien...
Je suis sûre que toutes les femmes doivent
être folles de lui...

— Tu en parles... reprit madame Gaudin,
comme si tu l'aimais.

— Oh! je l'aime comme un frère... répondit-elle en riant. Je serais joliment ingrate si
je n'avais pas de l'amitié pour lui?... Ne m'a-
t-il pas appris la musique, le dessin, la gram-
maire... enfin, tout ce que je sais?... Tu ne
fais pas grande attention à mes progrès, ma
bonne mère; mais je deviens très-instruite...
Dans quelque temps, je serai assez forte pour
donner des leçons; et, alors, nous pourrons
avoir une domestique.

Je me retirai doucement; puis, après avoir

fait quelque bruit, j'entrai dans la salle pour
y prendre ma lampe que Pauline voulut allumer. La pauvre enfant venait de jeter un
baume délicieux sur mes plaies. Ce naïf éloge
de ma personne me rendit un peu de courage.
J'avais besoin de croire en moi-même et de
recueillir un jugement impartial sur la véritable valeur de mes avantages.

Mes espérances ainsi ranimées se refletè-
rent peut-être sur les choses dont j'étais entouré. Peut-être aussi, n'avais-je point encore
bien sérieusement examiné la scène assez
souvent offerte à mes regards par ces deux
femmes au milieu de cette salle ; mais alors,
j'admirai, dans sa réalité, le plus délicieux
tableau de cette nature modeste et douce si
naïvement reproduite par les peintres flamands.

La mère, assise au coin d'un foyer à demi
éteint, tricotait des bas, et laissait errer sur
ses lèvres un bon sourire. Pauline coloriait des

écrans. Ses couleurs, ses pinceaux étalés sur
une petite table, parlaient aux yeux par de
piquans effets. Mais ayant quitté sa place et
se tenant debout pour allumer ma lampe, sa
blanche figure en recevait toute la lumière.
Ah! il fallait être subjugué par une bien terrible passion pour ne pas admirer ses mains
transparentes et roses, sa virginale attitude
et l'idéal de sa tête. La nuit, le silence prêtaient leur charme à cette laborieuse veillée,
à ce paisible intérieur. Il y avait de la résignation dans ces travaux; mais une résignation
religieuse et pleine de sentimens élevés. Puis,
une indéfinissable harmonie existait entre les
choses et les personnes.

Chez Fœdora, le luxe était sec; il réveillait
en moi de mauvaises pensées; là, cette humble misère, ce naturel exquis me rafraîchis-
saient l'âme. Peut-être étais-je humilié en présence du luxe; et, près de ces deux femmes,
au milieu de cette salle brune où la vie sim-

plifiée semblait se réfugier dans les émotions du cœur, peut-être me réconciliais-je avec moi-même, en trouvant à exercer la protection que l'homme est si jaloux de faire sentir.

Quand je fus près de Pauline, elle me jeta un regard presque maternel, et s'écria, les mains tremblantes, en posant vivement la lampe :

— Dieu ! comme vous êtes pâle... Ah ! il est tout mouillé !..... Ma mère va vous essuyer !.... Monsieur Raphaël !... reprit-elle après une légère pause, vous êtes friand de lait !.... Nous avons eu ce soir de la crème... Tenez... Voulez-vous y goûter...

Elle sauta, comme un petit chat, sur un bol de porcelaine plein de lait, et me le présenta si vivement, me le mit sous le nez d'une si gentille façon, que j'hésitai.

— Vous me refuseriez ? dit-elle d'une voix altérée.

Nos deux fiertés se comprenaient : Pauline

paraissait souffrir de sa pauvreté, et me reprocher ma hauteur... Je fus attendri. Cette crême était peut-être son déjeûner du lendemain. J'acceptai cependant. La pauvre fille essaya de cacher sa joie, mais elle pétillait dans ses yeux.

— J'en avais besoin!... lui dis-je en m'asseyant.

Alors une expression soucieuse passa sur son front.

— Vous souvenez-vous, Pauline, de ce passage où Bossuet nous peint Dieu, récompensant un verre d'eau plus richement qu'une victoire...

— Oui... dit-elle.

Et son sein battait comme celui d'une jeune fauvette serrée entre les mains d'un enfant.

— Eh bien! comme nous nous quitterons bientôt, ajoutai-je d'une voix mal assurée, laissez-moi vous témoigner ma reconnaissance

pour tous les soins que vous et votre mère
avez eus de moi.

— Oh! ne comptons pas... dit-elle en riant;
mais son rire cachait une émotion qui me fit
mal.

— Mon piano, repris-je, sans paraître avoir
entendu ses paroles, est un des meilleurs instrumens d'Érard... acceptez-le... prenez-le
sans scrupule... Je ne saurais vraiment l'emporter dans le voyage que je compte faire...

Éclairées peut-être par l'accent de mélancolie avec lequel je prononçai ces mots, les deux
femmes semblèrent m'avoir compris et me
regardèrent avec une curiosité mêlée d'effroi.
L'affection que je cherchais au milieu des
froides régions du grand monde, elle était là,
vraie, sans faste, mais onctueuse et durable
peut-être.

Il ne faut pas prendre tant de souci, me
dit la mère. Bah! restez ici!... Mon mari est
en route, à cette heure... reprit-elle. Ce soir,

j'ai lu l'Évangile de saint Jean pendant que Pauline tenait, suspendue entre ses doigts, notre clef attachée dans une Bible, et la clef a tourné... Cela annonce que Gaudin se porte bien et prospère..... Pauline a recommencé pour vous et pour le jeune homme du numéro sept; mais la clef n'a tourné que pour vous... Allez, nous serons tous riches! Gaudin reviendra millionnaire. Je l'ai vu en rêve sur un vaisseau plein de serpens; mais heureusement l'eau était trouble, ce qui signifie or et pierreries d'outre-mer...

Ces paroles amicales et vides, semblables aux vagues chansons avec lesquelles une mère endort les douleurs de son enfant, me rendirent une sorte de calme. Il y avait dans l'accent, dans le regard de la bonne femme, cette douce cordialité qui n'efface pas le chagrin, mais qui l'apaise, qui le berce et l'émousse.

Pauline, plus perspicace que sa mère, m'examinait avec inquiétude, ses yeux intelligens

semblaient deviner ma vie et mon avenir. Je
remerciai par une inclination de tête, la mère
et la fille ; puis, je/me sauvai, craignant de
m'attendrir.

Quand je me trouvai seul, sous mon toit,
je me couchai dans mon malheur. Ma fatale
imagination me dessina mille projets sans
base, me dicta des résolutions impossibles.
Quand un homme se traîne dans les décom-
bres de sa fortune, il rencontre encore quelques ressources; mais moi, j'étais dans le
néant... Ah! mon cher! nous accusons trop
facilement la misère... Elle est le plus actif de
tous les dissolvans. Avec elle, il n'existe plus
ni pudeur, ni crimes, ni vertu, ni esprit. J'é-
tais sans idées, sans force, comme une jeune
fille tombée à genoux devant un tigre..... Un
homme sans passion et sans argent reste maître de sa personne; mais un malheureux qui
aime, ne s'appartient plus! Il ne peut pas se
tuer. L'amour nous donne une sorte de reli-

gion pour nous-même; nous respectons en nous une autre vie... C'est le plus horrible des malheurs, le malheur avec une espérance ; une espérance qui vous fait accepter des tortures.

Je m'endormis avec l'idée d'aller le lendemain confier à Rastignac la singulière détermination de Fœdora.

XXV.

— Ah! ah! me dit Rastignac, en me voyant
entrer chez lui dès neuf heures du matin. —
Je sais ce qui t'amène. Tu dois être congédié
par Fœdora. Quelques bonnes âmes, jalouses
de ton empire sur la comtesse, ont annoncé
votre mariage. — Dieu sait les folies que tes
rivaux t'ont fait dire et les calomnies dont tu
as été l'objet!...

— Alors, tout s'explique !... m'écriai-je.

En ce moment, me souvenant de toutes mes impertinences, je trouvai la comtesse sublime !... A mon gré, j'étais un infâme, et n'avais pas encore assez souffert !..... Je ne vis plus, dans son indulgence, que la patiente charité de l'amour...

— N'allons pas si vite !... me dit le prudent Gascon. Fœdora possède la pénétration naturelle aux femmes profondément égoïstes. Elle t'aura deviné, jugé peut-être au moment où tu ne voyais encore en elle que sa fortune et son luxe. — En dépit de ton adresse, elle aura lu dans ton âme. Elle est assez dissimulée pour qu'aucune dissimulation ne trouve grâce devant elle.

— Je crois, ajouta-t-il, t'avoir mis dans une mauvaise voie... Malgré la finesse de son esprit et de ses manières, cette créature-là me semble impérieuse comme toutes les femmes qui n'ont de plaisir que dans la tête. Pour elle,

le bonheur gît tout entier dans le bien-être
de la vie, dans les jouissances sociales ; et,
chez elle, le sentiment est un rôle. Elle te
rendrait malheureux, et ferait de toi, son
premier valet...

Rastignac parlait à un sourd. Je l'interrom-
pis en lui exposant, avec une apparente gaîté,
ma situation financière.

— Hier au soir, me répondit-il, une veine
contraire m'a emporté tout mon argent. Sans
cette vulgaire infortune, j'eusse partagé volontiers ma bourse avec toi. — Mais, allons
déjeuner au cabaret, les huîtres nous donne-
ront peut-être un bon conseil.

Il s'habilla, fit atteler son tilbury ; puis,
semblables à deux millionnaires, nous arri-
vâmes au Café de Paris avec l'impertinence de
ces audacieux spéculateurs qui vivent sur des
capitaux imaginaires. Ce diable de Gascon
me confondait par l'aisance de ses manières,
et par son aplomb imperturbable.

Au moment où finissant un repas fort déli-
cat, et très-bien entendu, nous prenions le
café, Rastignac, qui distribuait des coups de
tête à une foule de jeunes gens également re-
commandables par les grâces de leur personne et par l'élégance de leur mise, me dit,
en voyant entrer un de ces *dandys* :

— Voici ton affaire !...

Et il fit signe à un gentilhomme bien cra-
vaté, qui semblait chercher une table à sa convenance, de venir lui parler.

— Ce gaillard-là, me dit Rastignac à l'o-
reille, est décoré pour avoir publié des ouvrages qu'il ne comprend pas... Il est chi-
miste, historien, romancier, publiciste ; il a
des quarts, des tiers, des moitiés dans je
ne sais combien de pièces de théâtre, et il est
ignorant comme la mule de don Miguel !.. Ce
n'est pas un homme, c'est un nom, une étiquette familière au public. Aussi, se garde-
rait-il bien d'entrer dans ces cabinets, sur

lesquels il y a cette inscription : *Ici, l'on peut écrire soi-même*. Il est fin à jouer tout un congrès. En deux mots, c'est un métis en morale : ni tout-à-fait probe ni complètement fripon. Mais... chut! il s'est déjà battu... Le monde n'en demande pas davantage et dit de lui : *C'est un homme honorable*.

Eh bien, mon excellent ami, mon honorable ami, comment se porte Votre Intelligence? lui dit Rastignac, au moment où l'inconnu s'assit à la table voisine.

— Mais ni bien ni mal... Je suis accablé de travail !... J'ai entre les mains tous les matériaux nécessaires pour faire des mémoires historiques, très-curieux, et je ne sais à qui les attribuer. Cela me tourmente, parce que, vraiment, les mémoires vont passer de mode...

— Sont-ce des mémoires contemporains, anciens, sur la cour ?...

— Sur l'affaire du collier.....

1. 4ᵉ édit.   24

— N'est-ce pas un miracle?... me dit Rastignac, en riant.

Et, se retournant vers le spéculateur :

— M. de Valentin, reprit-il en me désignant, est un de mes amis que je vous présente comme l'une de nos futures célébrités littéraires les plus éminentes. Or, il avait, jadis, une tante fort bien en cour, marquise de plus ; et, depuis deux ans, il travaille à une histoire royaliste de la révolution...

Puis, se penchant à l'oreille de ce singulier négociant, il lui dit :

— C'est un homme de talent, mais un niais... Il peut vous faire vos mémoires, au nom de sa tante, pour cent écus par volume.

— Le marché me va!... répondit l'autre en haussant sa cravate. — Garçon, mes huîtres?... donc!...

— Oui, mais vous me donnerez vingt-cinq louis de commission et lui paierez un volume d'avance, reprit Rastignac.

— Non, non. Je n'avancerai que cinquante écus pour être plus sûr d'avoir promptement *mon* manuscrit...

Rastignac me répéta cette conversation mercantile à voix basse; et, sans me consulter :

— Nous sommes d'accord, lui répondit-il. — Quand pouvons-nous aller vous voir pour terminer cette affaire ?...

— Eh bien, venez dîner ici, demain soir, à sept heures !...

Nous nous levâmes, Rastignac jeta de la monnaie au garçon, mit la carte à payer dans sa poche, et nous sortîmes. J'étais stupéfait de la légèreté, de l'insouciance avec laquelle il avait vendu ma respectable tante, la marquise de Monbauron...

Je préfère m'embarquer pour le Brésil, et y enseigner aux Indiens, l'algèbre dont je ne sais pas un mot, plutôt que de salir le nom de ma famille !...

Rastignac m'interrompit par un éclat de rire.

— Es-tu bête?... Prends d'abord les cinquante écus et fais les mémoires... Puis, quand ils seront achevés, tu refuseras de les mettre sous le nom de ta tante, — imbécille!... Madame de Monbauron, morte sur l'échafaud, ses paniers, sa considération, sa beauté, son fard, ses mules, valent bien plus de six cents francs... Si le libraire ne veut pas alors payer ta tante ce qu'elle vaut, il trouvera quelque vieux chevalier de Saint-Louis, ou je ne sais quelle fangeuse comtesse pour signer les mémoires!...

— Oh! m'écriai-je, pourquoi suis-je sorti de ma vertueuse mansarde?... Le monde a un envers bien salement ignoble!...

— Bon, répondit Rastignac, voilà de la poésie, et il s'agit d'affaires... Tu es un enfant!... Quant aux mémoires, le public les jugera. Quant à mon Proxénète littéraire, n'a-t-il pas dépensé huit ans de sa vie, et payé par de cruelles expériences, ses relations avec la librairie?... En partageant inégalement avec lui le travail du livre, ta part d'argent n'est-elle pas aussi la plus belle?... Vingt-cinq louis sont une bien plus grande somme pour toi, que mille francs pour lui. — Tu peux bien écrire des mémoires historiques, œuvres d'art si jamais il en fut, lorsque Diderot a fait six sermons pour cent écus...

— Enfin, lui dis-je tout ému, c'est pour moi une nécessité. Ainsi, mon pauvre ami, je te dois des remercîmens. Vingt-cinq louis me rendront bien riche.

— Et plus riche que tu ne penses, alors !... reprit-il en riant. Si Marivault me donne une commission dans l'affaire, ne devines-tu pas qu'elle sera pour toi ?

Je lui serrai la main.

— Allons au Bois de Boulogne, dit-il, nous y verrons ta comtesse; et je te montrerai la

jolie petite veuve que je dois épouser : une
charmante personne, Alsacienne, un peu
grasse. Elle lit Kant, Schiller, Jean Paul, et
une foule de livres hydrauliques... Elle a la
manie de toujours me demander mon opinion.
Je suis obligé d'avoir l'air de comprendre
toute cette sensiblerie allemande, et de connaître un tas de ballades ! Je n'ai pas encore
pu la déshabituer de son enthousiasme littéraire. Elle pleure des averses à la lecture de
Goëthe, et je suis obligé de pleurer un peu,
par complaisance... Vingt-cinq mille livres de
rentes, mon cher, et le plus joli pied, la plus
jolie main de la terre !... Ah! si elle ne disait
pas *mon anche* et *prouiller* pour mon *ange* et
brouiller, ce serait une femme accomplie.

Nous vîmes la comtesse. Elle était brillante
dans un brillant équipage; et, la coquette
nous salua fort affectueusement en me jetant
un sourire qui, alors, me parut divin et
plein d'amour.

Ah ! j'étais bien heureux !... Je me croyais aimé ; j'avais de l'argent, des trésors de passion : plus de misère... Léger, gai, content de tout, je trouvai la maîtresse de mon ami, charmante. Les arbres, l'air, le ciel, toute la nature semblait me répéter le sourire de Fœdora.

En revenant des Champs-Élysées, nous allâmes chez le chapelier, chez le tailleur de Rastignac ; en sorte que ma toilette me permit de quitter mon misérable pied de paix, pour passer à un formidable pied de guerre... Désormais, je pouvais sans crainte lutter de grâce et d'élégance avec les jeunes gens qui tourbillonnaient autour de Fœdora.

Je revins chez moi. Je m'y enfermai, restant tranquille en apparence, près de ma lucarne ; mais disant d'éternels adieux à mes toits, vivant dans l'avenir, dramatisant ma vie, escomptant l'amour et ses joies... Ah ! comme une existence peut devenir orageuse

entre les quatre murs d'une mansarde!...
L'âme humaine est une fée. Elle métamorphose une paille en diamans; et, sous sa baguette, les palais enchantés éclosent comme
les fleurs des champs sous les chaudes inspi-
rations du soleil...

FIN DU PREMIER VOLUME.

Ollivier, Libraire-Éditeur.

A 3 FR. 75 C. LE VOL.

HÉLÈNE, roman ; par M. Edgeworth, auteur de *Ormond, les Protecteurs et les Protégés*, etc. Trois beaux vol. in-8°. Chaque.   3   75

GAULE ET FRANCE, par A. Dumas. (Édition sur papier vélin.) Un vol. in-8°.   3   75

IAMBES, par Auguste Barbier, auteur de *Il Pianto*. Un vol. in-8°.   3   75

UNE RAILLERIE DE L'AMOUR, par Mme Desbordes-Valmore. In-8°.   3   75

CE QUE REGRETTENT LES FEMMES, roman, par Félix Davin, auteur du *Crapaud*. Deux parties, chaque.   3   75

PHYSIOLOGIE DU RIDICULE, par Mme Sophie Gay. Deux volumes in-8°, chaque.   3   75

A PRIX ORDINAIRES.

PHYSIOLOGIE DU MARIAGE, par M. de Balzac. Deux volumes in-8°.   15   »

LA PEAU DE CHAGRIN, suivie des CONTES PHILOSOPHIQUES (anciens et nouveaux). Cinq vol. in-8°, vignettes.   37   50

LE GRENADIER DE L'ILE D'ELBE, par Barginet, Deux volumes in-8°.   15   »

MARIE, roman, par Brizeux. Un volume papier vélin satiné.   5   »

UN SECRET, par Michel Raymond, auteur des *Intimes*. Deux volumes in-8°.   15   »

HENRI FAREL, roman nouveau, par L. Layater. Deux volumes in-8°.   15   »

BELLEGARDE, ou L'ENFANT INDIEN, par Ph. Chasles, auteur de *Contes bruns*. Deux vol. in-8°.   15   »

TRYVELYAN, roman par l'auteur du mariage dans le grand monde. Deux vol. in-8°.   15   »

Paris. — EVERAT, Imprimeur, rue du Cadran, 16.